NOTICE BIOGRAPHIQUE

SUR

P. DE RONSARD

PAR

CH. MARTY-LAVEAUX

(Cette notice devra être placée au commencement du premier volume)

PARIS
ALPHONSE LEMERRE, ÉDITEUR
M.D.CCC.XCIII

NOTICE BIOGRAPHIQUE

SUR

PIERRE DE RONSARD

On reproche volontiers aux poètes de notre temps leur empressement à étaler leur généalogie, à énumérer les moindres particularités de leur enfance, et surtout à mettre le public dans la confidence de leurs amours. En cela, comme en beaucoup d'autres choses, ils ne font que suivre fidèlement l'exemple de leurs devanciers du XVIe siècle. Plus que tout autre, Ronsard s'est raconté lui-même dans ses vers, avec un luxe de détails qui facilite singulièrement la tâche de ses biographes, pour peu qu'ils prennent la peine de le lire avec attention et la plume à la main.

Ses premiers récits d'une certaine étendue datent de 1554. Cette année-là il publie son *Bocage,* et le dédie : « A P. de Paſchal du bas païs de Languedoc. »

Dans cette dédicace Ronsard se pique de la plus farouche indépendance (VI, 359) :

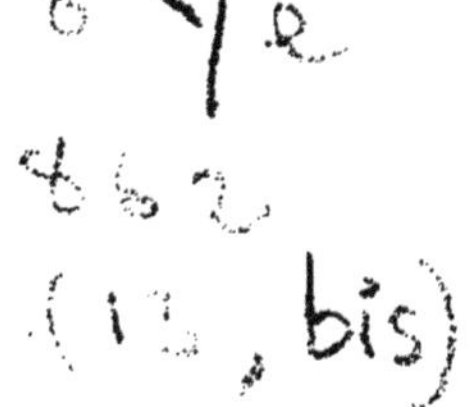

Quelcun trouuera bien estrange,
Et ridera son front, dequoi
I'heûre Paschal d'vne louange
Dont heureux se tiendroit vn Roi :
Mais moi contant, qui ne mandie
Des Rois ni biensfaictz ni honneurs,
Aux sçauans mes vers ie dedie
Plus volontiers qu'aux grans Seigneurs.

On est forcé d'avouer que ces sentiments forment un contraste complet avec ceux que le poète affichera plus tard, et l'on comprend qu'il n'ait jamais reproduit cette pièce restée enfouie dans cette première publication, où ses éditeurs n'ont point songé à l'aller chercher.

Du reste, s'il n'attend de cette dédicace ni bienfaits, ni honneurs, il compte en obtenir un avantage d'une autre espèce, ainsi qu'il nous le déclare d'une façon assez naïve (VI, 360) :

... i'espere qu'en recompense,
Paschal me fera quelquesfois
Immortel par son éloquence,
Qui vault mieux que le bien des Rois.

Ronsard, comptant sur sa bienveillante indiscrétion, le prend pour son confident et lui adresse l'épître qui commence ainsi[1] :

A Pierre de Paschal, du bas païs de Languedoc.

Ie veus, mon cher Paschal, que tu n'ignores point
D'où, ne qui est celui, que les Muses ont ioint
D'vn nœud si ferme à toi, afin que des années,
A nos nepueus futurs, les courses empanées,
Ne celent que Paschal & Ronsard n'estoient qu'vn
Et que tous deus n'auoient qu'vn mesme cœur commun.

Il proclame l'éternité de cette affection, bien différente des

1. *Bocage*, ft 22. Personne n'a signalé cette première forme de la célèbre *Elegie* à Belleau (IV, 95.)

passions amoureuses, souvent aussi peu durables que violentes :

> *... iamais le tans vainqueur*
> *Des amours n'oftera ce beau nom de mon cœur.*

Pourtant, qui le croirait? six ans plus tard le « cher Pafchal » est transformé en « cher Belleau. » Nous ne pouvons passer outre sans nous demander la cause de cette substitution, et sans examiner un peu ce qu'était devenu ce Pascal, que nous venons de voir ami si affectionné de Ronsard. Écoutons d'abord Du Verdier, qui lui donne place dans sa *Bibliotheque* (Lyon, 1585. In-f. p. 1035) :

« Il n'y eft en rang d'Autheur, mais d'vn pur abufeur du monde, qui repaiffoit les gens de fumee au lieu de roft, & qui auec cela fceut tirer de l'efpargne douze cens liures de gaiges par chacun an, pour faire l'hiftoire de France : & pour en donner bonne efperance, femoit de petits billets portans ces mots : *P. Pafchalij liber quartus rerum à Francis geftarum :* iaçoit qu'il n'en eut pas faict feulement fix feuillets lorsqu'il mourut. Dequoy Adrian Turnebus, profeffeur Royal, qui n'auoit que le tiers de tels gaiges, bien qu'il meritaft trois fois dauantage, defpité de voir la France ainfi befflée, feit vne Satyre contre luy. I'en ay veu à Paris au logis de la petite harpe, ruë de la Harpe, tout ce qu'il en auoit faict en fa vie, qui ne paffoit pas dix ou douze feuillets, que s'en allant il auoit laiffé auec quelques hardes à fon hofte nommé Maugis pour gage de la fomme de cinquante efcus fol, qu'il luy deuoit encores, de refte de defpence. »

La Satire de Turnèbe dont parle Du Verdier a été mise en français par Joachim du Bellay sous ce titre : *Traduction d'vne epiftre latine de Monfieur Tornebus fur vn nouueau moyen de faire fon proufit de l'eftude des lettres* (I, 468). Le poète ne nomme point Paschal, mais le désigne en des termes qui ne permettent aucun doute, car il parle de quelques feuillets (I, 473),

> *Auec vn titre au front, qui se donnoit la gloire*
> *D'estre le liure quart de la Françoyse histoire.*

A l'exemple de Turnèbe, Ronsard avait dévoilé Paschal dans une pièce latine, que nous n'avons point, mais qu'Estienne Pasquier a mentionnée, en termes par malheur un peu ambigus, dans la lettre suivante adressée au poète (I, XVI, col. 23, éd. 1723) :

« J'ay leu & releu l'Eloge Latin que vous avez fait de Pascal : & l'ay leu de bien bon cœur ; car quelle chose peut venir de vostre lime, qui ne me plaise? Vray Dieu que vous avez à propos descouvert sa piperie? Comme non seulement vous avez combatu, ains abatu ce grand monstre? Si que je me promets (quelque privilege d'impudence qu'il se donne) que desormais il apprendra à se taire, & de ne publier ses inepties devant la face de nostre Prince. Parquoy soudain que j'ay esté de repos, je n'ay eu rien en plus grande recommandation que d'habiller à la Françoise vostre Latin. Ce sera à vous de juger si bien ou mal. D'une chose vous puis-je asseurer, que si je ne vous ay satisfait, je me suis contenté moy-mesme, pour revanger une juste querelle de nostre France & des gens doctes, entre lesquels combien que je ne me donne nul lieu, si vy-je en ceste esperance, que chacun d'eux tant par vostre exemple que le mien, apprendra à la parfin, de garentir ce Royaume de ceste dangereuse beste. En quoy nous ne faisons rien qui n'ait esté attenté par ce grand personnage Tournebu. »

La Monnoye nous a révélé le motif principal de l'animosité qui éclata contre Paschal. Il avait promis de faire, à la manière de Paul Jove, les Éloges des hommes doctes de son temps. Tous ses contemporains s'empressèrent à l'envi d'entrer en communication avec le futur panégyriste. Jules Scaliger, averti qu'il ne tiendrait qu'à lui d'avoir sa place marquée dans le recueil en préparation, avait immédiatement envoyé un discours très élogieux sur sa personne, Ronsard et d'autres s'étaient aussi laissé prendre à ce piège, et l'ouvrage n'avait pas paru. Ces fausses promesses sont indiquées dans les vers de Du Bellay (I, 473) :

... par ſa ruſe
Des plus ambitieux l'eſperance il abuſe.
Car ceulx là qui ſont plus de la gloire enuieux,
Le flattent à l'enuy, & tachent curieux
De gaigner quelque place en ce tant docte liure,
Qui peut à tout iamais leur beau nom faire viure.

Après cette déconvenue, Ronsard supprima sa dédicace à Paschal; quant à l'épître qu'il avait si à propos préparée pour nous renseigner sur sa vie, il l'adressa sous le nom d'*Elegie* à Remy Belleau. Elle va servir tout à la fois de point de départ et de cadre à ce que nous avons à dire de la famille du poète, et de l'histoire de ses jeunes années.

Il prétend descendre d'un chef de partisans, un « Marquis de Ronſart, » qui, parti vers 1340 de Roumanie (IV, 96),

... hardy vint ſeruir Philippes de Valois,
Qui pour lors auoit guerre encontre les Anglois.
Il s'employa ſi bien au ſeruice de France,
Que le Roy luy donna des biens à ſuffiſance
Sur les riues du Loir...

Ce fut là qu'il bâtit le château de la Poissonnière, dont Binet cherche ainsi à nous expliquer le nom (éd. de 1623, p. 1638) : « Ronſard ſignifiant en la langue du pays, comme qui diroit cœur cheualeureux; auſſi les armes de ceſte maiſon ſemblent l'exprimer, ayant pour tymbre vn cheual, & dans l'eſcuſſon trois poiſſons, qu'on dit en la meſme langue ſe nommer Roſſ, c'eſt à dire cheuaux, & ſe trouuer dans le Danube. De là pourroit auoir eſté nommée la Seigneurie de la Poiſſonniere, maiſon paternelle de Ronſard. »

Ce château est situé dans la vallée du Loir, à sept lieues ouest de Vendôme, sur le penchant d'une colline qui domine le bourg de Couture et est elle-même surmontée par la forêt de Gastine. Son architecture, qui date de François Ier, indique qu'il a été reconstruit ou du moins entièrement restauré par le père du poète. Il existe encore aujourd'hui tel à peu près qu'il était au moment de la naissance de celui-ci.

Sur la porte d'entrée on lit : *Ici naquit Pierre de Ronsard, gentilhomme Vendômois.* Outre cette inscription, qui est récente, on en trouve dans cette demeure un grand nombre d'anciennes. Une d'entre elles revient souvent, se répète presque sur toutes les fenêtres et s'impose comme une pensée dominante : *Avant partir.* On l'a diversement interprétée et l'on en a été chercher assez loin le sens qui, suivant nous, se présente de lui-même. Ces deux mots *avant partir* n'indiquent-ils pas tout simplement que ce manoir est la demeure de prédilection de son maître, son étape dernière avant le départ final ?

Les autres inscriptions sont, pour la plupart, beaucoup moins mélancoliques. La tourelle octogone contenant l'escalier, qui peut être considérée comme l'entrée principale du logis, nous présente cette consécration : *Voluptati et Gratiis,* à la Volupté et aux Grâces. Sur la fenêtre de la mansarde de la tourelle une inscription chargée d'abréviations, mais qui semble devoir se lire ainsi : *Domi oculus longe speculatur,* signale aux visiteurs la vue étendue dont on jouit de cet endroit. D'autres croisées portent les inscriptions suivantes : *Veritas filia temporis, Domine conserva me, Respice finem,* placées chacune entre deux initiales E. L. La lettre L est la première du prénom du père de Ronsard, *Loys,* qui figure en toutes lettres dans plusieurs des sculptures du manoir. Quant à l'E, on n'en peut deviner le sens. Il est certain du moins qu'il n'appartient pas à la femme de Loys, Jeanne Chaudrier, dont le blason ne figure nulle part dans cette demeure, qui semble avoir reçu tous ses embellissements avant le mariage de son propriétaire.

A l'intérieur, ce qui mérite surtout d'être remarqué c'est la cheminée de la grande salle, ornée d'au moins cinquante écussons des protecteurs et alliés de la famille. Là figure cette devise qui dut plus d'une fois fortifier le poète dans des moments de découragement : *Non fallunt futura merentem*, l'avenir appartient au mérite. Elle est tracée en lettres enlacées et conjointes, et se trouve coupée par moitié par le blason « d'azur à trois ross d'argent poſés de faſce. » Au-dessous sont sculptées des plantes dont le pied est dévoré par des flammes. Ces emblèmes ont reçu bien des interprétations diverses. La plus probable est que ces tiges sont des ronces qui brûlent *(ardent)* et que ce symbole, formant armes parlantes, signifie : *Ronce-ard*.

Le cabinet de travail possède aussi une cheminée sculptée, beaucoup moins belle, qui porte cette devise : NYQVIT NYMIS[1].

Quant aux communs creusés en plein roc, ils étaient ornés aussi d'arabesques et d'inscriptions. C'était d'abord *la buanderie belle*, puis *la fouriere*, la cuisine, ainsi désignée : *Vulcano & diligentiæ*, ensuite *Vina barbara*, qu'on a traduits par « vins étrangers, » mais qu'on doit plutôt rendre, à notre avis, par vins grossiers, vins destinés aux serviteurs, ce qu'on appellerait aujourd'hui vins d'office. La porte suivante est surmontée d'un broc et de deux verres au-dessous desquels on lit : *Cui des videto*, vois à qui il convient de le donner. Cela n'indique-t-il pas un vin de choix, un vin réservé aux

1. *Rien de trop*. Cette sentence se trouve dans l'*Andrienne* de Térence (I, 1, 61). C'est la traduction de μηδὲν ἄγαν, qu'on lisait, dit-on, sur le fronton du temple de Delphes.

gourmets et qui ne doit pas être prodigué à ceux qui ne seraient pas dignes de l'apprécier ? Ce n'est pas là, nous devons l'avouer, l'opinion commune : les uns font au contraire de cet endroit le caveau des vins moins estimés, et les autres le réduit « où l'on traitait les pauvres errants. » Ensuite, c'est le garde-manger : *Cuſtodia dapum*, enfin la cave principale avec ce sage conseil : *Suſtine & abſtine.*

Après la cave se trouve un petit oratoire dédié à saint Jacques. Au-dessus de la porte, ornée de coquilles de pèlerins, on lit : *Tibi ſoli gloria.* En face de cet oratoire existait encore au commencement de ce siècle une chapelle, plus ancienne que le manoir, mais dépourvue de tout intérêt architectural, qui a été démolie par un des propriétaires du château, M. Gabriel de la Haye.

Si nous avons un peu insisté sur la description si souvent reproduite de cette demeure [1], c'est pour rectifier quelques interprétations qui nous ont paru erronées, et surtout parce que nous avons trouvé utile de constater une fois de plus, dans un logis de cette époque, le mélange de souvenirs profanes et d'idées chrétiennes, si ordinaire alors, et qui devait précisément rencontrer dans les vers de Ronsard sa plus haute expression poétique.

Dans l'élégie où Ronsard nous raconte sa jeunesse, il nous dit (IV, 96) :

Mon pere fut touſiours en ſon viuant icy
Maiſtre-d'hoſtel du Roy, & le ſuiuit auſſi
Tant qu'il fut priſonnier pour ſon pere en Eſpaigne.

1. De Passac, *Vendôme et le Vendomois*, 1823, in-4°. — *Histoire archéologique du Vendomois*, 1849, in-4°. — M. de Pétigny, *Histoire du Vendomois.* — Achille de Rochambeau, *La Famille de Ronsart.* Paris, A. Franck, 1868, in-18, avec *Album* in-8° de 19 pl. — (Pasty de la Hylais) *Le Bas-Vendomois historique et monumental*, Saint-Calais, Peltier, 1878, 8°. — Marie Dronsart, *La Maison de Ronsard (Figaro* du 24 août 1889).

Il y a dans cette période de la vie du père de Ronsard des actions dont le poète avait le droit de s'enorgueillir et qui eurent sur sa carrière une influence des plus directes.

Louis de Ronsard, chevalier de l'ordre de Saint-Michel, était maître d'hôtel de François Ier, qu'il accompagna en Italie. Ce roi, prisonnier en Espagne pendant toute une année après la défaite de Pavie, ne recouvra sa liberté que par le traité de Madrid, en abandonnant pour otages ses deux fils, le dauphin François, né le 28 février 1518, mort en 1536, et le duc d'Orléans, qui succéda à son père sous le nom d'Henri II. Louise de Savoie, leur grand'mère, régente pendant le captivité de François Ier, et à qui Charles-Quint avait demandé les deux enfants de France, ou un certain nombre de grands capitaines, eut l'habileté et le courage de préférer la première proposition, plus dure en apparence, mais en réalité moins funeste à l'État. L'échange du roi contre les princes se fit le 26 mars 1526, à Fontarabie, sur une barque amarrée au milieu de la Bidassoa, qui sépare les deux royaumes [1], et leur mise en liberté n'eut lieu que quatre ans plus tard, le 1er juillet 1530, moyennant une rançon considérable, et avec un cérémonial analogue à celui qui avait été observé lors de l'échange précédent.

Louis de Ronsard, chargé de les accompagner, eut pour eux, pendant ce long exil, la sollicitude la plus constante. Nous en avons un témoignage dans une lettre écrite par lui à monseigneur de Montmorency « grant Maiſtre, » à qui il envoie des nouvelles des princes confiés à sa garde [2].

Après quelques détails généalogiques sur la famille de sa mère Jeanne Chaudrier du Bouchaige, veuve de Mre Guy des Roches, chevalier, sieur de la Basne [3], mariée en se-

1. Gaillard, *Histoire de François Ier*, t. II, p. 492.
2. Voyez à l'*Appendice*, p. cix.
3. A. de Rochambeau, *Famille de Ronsard*, p. 23-24.

condes noces à Louis de Ronsard, le 2 février 1514, le poète en arrive à sa biographie personnelle. Avant de l'aborder nous devons constater que la date de sa naissance n'est pas fixée avec certitude. Le désir de la faire concorder avec certaines opinions médicales ou astrologiques, ou de la faire coïncider avec quelque grand événement, en est évidemment la cause. Rien ne le fait mieux comprendre que ce passage de son oraison funèbre par Du Perron (éd. de 1623, p. 1670) :

« Quant au temps de ſa naiſſance, il y en a diuerſes opinions. Les vns veulent qu'il ſoit né l'an mil cinq cens vingt-deux, & par ainſi mort en ſon an climacterique ; choſe que l'on a remarqué arriuer à beaucoup de grands perſonnages : Les autres s'arreſtent à ce qu'il en a eſcrit, ayant ſignalé l'année de ſa natiuité par la priſe du grand Roy François, comme ſouuent il ſe rencontre de ces fortunes notables à la naiſſance des hommes illuſtres. »

En effet, Ronsard, ainsi que l'indique Du Perron, a tâché le premier de faire concorder le mieux possible sa naissance avec la prise de François Ier. Pour établir ce fait, en apparence si simple, il prend un soin minutieux et excessif de se montrer sincère, et tombe, à force d'insister, dans un pléonasme qui serait inexplicable si sa préoccupation n'en était la cause (IV, 96) :

... ſans mentir ie diray verité
Et de l'an & du iour de ma natiuité.
L'an que le Roy François fut pris deuant Pauie,
Le iour d'vn Samedy, Dieu me preſta la vie
L'onzieme de Septembre...

Binet confirme cette date, et achève en même temps la pensée du poète (p. 1638) : « Du Mariage de Loys & de Ieanne de Chandrier *(sic)* naſquit Pierre de Ronſard... vn

Samedy 11. de Sept. 1524. Auquel iour, le Roy François I. fut prins deuant Pauie. Et pourroit-on douter ſi en meſme temps la France receut par ceſte prinſe mal-encontreuſe vn plus grand dommage, ou vn plus grand bien par ceſte heureuſe naiſſance, à laquelle eſtoit aduenu comme à d'autres de grands perſonnages, d'eſtre remarquée d'vne ſi memorable rencontre. Ainſi que la naiſſance du grand Alexandre fut ſignalée & comme eſclairée par l'embraſement du Temple de Diane en la ville d'Epheſe. »

De Thou a reproduit dans son *Histoire* (liv. LXXXII) l'idée de cette singulière compensation; mais moins préoccupé de la pousser à l'extrême rigueur, et surtout plus soucieux de l'exactitude historique, il ne prétend pas avec Binet que Ronsard est né *le jour* de la bataille de Pavie, ce qui est matériellement impossible, puisqu'elle a eu lieu le 24 février 1525; il se contente de dire, avec le poète lui-même, que sa naissance a eu lieu *dans l'année* de cette bataille, et c'est en 1525, et non en 1524, qu'il la mentionne; il n'en reste pas moins difficile d'expliquer le texte de Ronsard, car le 11 septembre ne tombe un samedi dans aucune de ces deux années: en 1524, c'est un dimanche, en 1525 un lundi[1]. Concluons donc que Ronsard est né à une date assez rapprochée de la bataille de Pavie et qu'il a sans doute un peu violenté la stricte exactitude des faits, pour rendre plus frappant un rapport qui flattait son imagination et surtout sa vanité.

Tout ce qui se rattache à lui prend ainsi, sous la plume de ses contemporains, une importance singulière. Un accident,

1. Ronsard, lui-même, fournit sur son âge des renseignements contradictoires. Plus loin (p. xix), il dit qu'il avait à peine seize ans en 1540, ce qui concorde avec l'assertion de Binet qui le fait naître en septembre 1524, mais ailleurs il se prétend plus jeune (voyez p. xlix, lxiij et lxiv).

qui aurait pu lui être funeste et qu'il se contente d'indiquer (IV, 97) :

... presque ie me vy
Tout aussi tost que né, de la Parque rauy,

devient pour Binet (p. 1639) un indice de gloire future : « Comme on le portoit baptizer du Chasteau de la Poissonniere en l'Eglise du lieu, celle qui le portoit trauersant un pré, le laissa tomber par mesgarde à terre, mais ce fut sur l'herbe & sur les fleurs, qui le receurent plus doucement : & eut encor cet accident, vne autre rencontre qu'vne Damoiselle qui portoit vn vaisseau plein d'eau rose & d'amas de diuerses herbes & fleurs selon la coustume, pensant aider à recueillir l'enfant, luy renuersa sur le chef vne partie de l'eau de senteurs, qui fut vn presage des bonnes odeurs, dont il deuoit remplir la France, des fleurs de ses doctes escrits. »

Si tost que i'eu neuf ans, au college on me meine (IV, 97).

Il s'agit du collège de Navarre, où il fut condisciple de Charles, cardinal de Lorraine, ce qu'il ne manqua pas de lui rappeler en mainte occasion (III, 270 ; IV, 409) :

Il dit par ses raisons que dés la sienne enfance
(Si cela peut seruir) eut de vous cognoissance,
Et en mesme College, & sous mesme Regent.

... ie me sens estre
Heureux, d'auoir apris dessous vn mesme maistre,
Et en mesme college auecques toy, Seigneur
Qui comme vn petit astre estois desia l'honneur
De tous tes compaignons en meurs & en science.

Cette camaraderie fût toutefois de courte durée ; au bout de six mois il quittait le collège (IV, 97) :

Ie mis tant seulement vn demy an de peine
D'apprendre les leçons du regent de Vailly.

Son panégyriste Du Perron trouve moyen de l'en féliciter (p. 1670) : « Ce libre & genereux efprit, qui ne fe pouuoit forcer par les loix & par la feuerité d'vn precepteur, mais auoit befoin de quelque paffion interieure pour l'exciter à defployer fa vigueur, fe defgoufta du premier coup des lettres & de l'eftude. »

Dès lors, malgré l'insuffisance de cette éducation, il s'essayait déjà dans la poésie, ainsi qu'il nous le raconte en vers charmants qui évoquent l'image de certains paysages de Corot (V, 176) :

Ie n'auois pas douze ans qu'au profond des vallées,
Dans les hautes forefts des hommes reculées,
Dans les antres fecrets de frayeur tout-couuers,
Sans auoir foin de rien ie compofois des vers :
. . . .
Et le gentil troupeau des fantaftiques Fées
Autour de moy danfoient à cottes degrafées.

Les goûts littéraires semblaient innés dans sa famille. Dans l'*Epitafe de Iehan de Ronfard fon oncle* (VI, 364), il le loue d'avoir usé en faveur des Muses

... tant d'huille & de chandelles [1].

Son père écrivait très bien en français et en latin. « Ce Loys, dit assez dédaigneusement Binet (p. 1638), auoit quelque cognoiffance des lettres, & principalement de la Poëfie, mefmes faifoit quelquefois des vers, tels toutefois que le temps pouuoit porter : & me fouuient en auoir ouy reciter

1. Voyez sur ses rapports avec cet oncle : VEILLARD, *P. Ronfardi... laudatio funebris.* Parifiis. Buon, 1546 *(sic,* 1586). In-4°, ft 6 v° : « Habebat ab Auunculo viro omni liberali facraque doctrina politiffimo, non folum bibliothecam varia & multiplici librorum fupellectile inftructam, fed etiam exemplum huius reconditioris difciplinæ quod fibi proponeret ad imitandum. »

quelques-vns à noſtre Ronſard. » Il était le protecteur et l'ami de Jean Bouchet, le fameux *Traverseur des voyes perilleuses,* qui devait tant prêter à rire aux compagnons de son fils et notamment à Joachim du Bellay [1]. Il le conseillait, lui proposait d'utiles innovations, par exemple l'alternance des rimes masculines et féminines [2] :

En tous mes vers de epiſtres leonyns
Ie entremeſlay de puis de femenins
En maſculins deux a deux...

Malgré ses goûts personnels, Louis de Ronsard s'efforça de diriger son fils vers une carrière plus fructueuse que celle des lettres. Au mois d'août 1536, il le fit entrer comme page dans la maison du dauphin François, qui se trouvait alors à Lyon et dont il était le conseiller et maître d'hôtel ordinaire; par une étrange fatalité le jeune prince mourut presque aussitôt après à Tournon (V, 249) :

Trois iours deuant ſa fin ie vins à ſon ſeruice :
Mon malheur me permeit qu'au lict mort ie le veiſſe,
Non comme vn homme mort, mais comme vn endormy,
Ou comme vn beau bouton qui ſe panche à demy,
Languiſſant en Auril...

Un spectacle bien autrement douloureux attendait l'enfant. Comme on pensait que le jeune prince avait été empoisonné, on procéda à l'ouverture du corps en présence de tous les serviteurs. Le père de Ronsard figure parmi les témoins dans l'acte dressé à cette occasion [3]; il n'est pas fait mention du fils à cause de son jeune âge, mais il nous apprend lui-même qu'il assista à cette triste opération (V, 249) :

Ie vy ſon corps ouurir, oſant mes yeux repaiſtre
Des poumons & du cœur & du ſang de mon maiſtre.

1. Du Bellay, t. I, p. 56.
2. Voyez l'*Appendice,* p. cxj.
3. Brantome, éd. Lalanne, t. III, p. 446.

Tel sembloit Adonis sur la place estendu,
Apres que tout son sang du corps fut respandu.

François mort, Ronsard passa au service de Charles, duc d'Orléans, troisième fils de François Ier (IV, 97) :

Ie vins en Auignon, où la puissante armée
Du Roy François estoit fierement animée
Contre Charles d'Autriche, & là ie fus donné
Page au Duc d'Orleans...

Le poète ne resta pas longtemps près de lui. Trois mois après la mort du dauphin, Jacques Stuart, roi d'Écosse, quitte son île, rend visite au roi de France et lui demande sa fille en mariage (V, 250),

La belle Madeleine honneur de chasteté,
Vne Grace en beauté, Iunon en maiesté.

Une Grâce, fort bien; mais une Junon, c'est peut-être beaucoup dire, car Madeleine n'avait que seize ans. Il faut lire dans le *Tombeau de Marguerite de France* (V, 250) la très poétique description de ce mariage, qui eut lieu le 1er janvier 1536.

Ronsard fut cédé à la jeune reine d'Écosse (IV, 97) :

... apres ie fus mené
Suiuant le Roi d'Escosse en l'Escossoise terre.

Ce ne fut pas sans quelque regret que le duc d'Orléans se sépara de son page, mais il voulait égayer un peu l'isolement où allait se trouver sa sœur Madeleine.

Brantôme, un de nos premiers reporters, nous répète en ces termes ce que Ronsard lui raconta au sujet des sentiments de cette reine (VIII, 127) : « Elle fut donq' mariée au roy d'Escosse; & ainsin qu'on l'en vouloit destourner, non qu'il ne fût, certes, vng beau & braue prince, mais pour estre condempnée à aller faire son habitation en vng peys barbare & vne gent brutalle, luy difoit-on, elle refpondoit : « Pour le moings tant que ie viuray ie feray reyne, ce que « i'ay toufiours defiré. » Mais quand elle fuft en Efcoffe, elle en trouua le pays tout ainfin qu'on luy auoit dict, & bien different de la doulce France. Toutesfois, fans autre femblant de la repantance, elle ne difoit autre chofe, finon : « Hélas! « i'ay voulu eftre reyne ; » couurant fa trifteffe & le feu de fon ambition d'vne cendre de patience, le mieux qu'elle pouuoit. M. de Ronfard m'a conté cecy, lequel alla aueq' elle en Efcoffe, fortant hors de page d'aueq' M. d'Orléans, qui le luy donna pour aller aueq' elle, & veoir fon monde. »

Ronsard, dont l'adolescence paraissait condamnée aux plus douloureux spectacles, vit bientôt expirer la reine (V, 250) :

Ny larmes du mary ny beauté ny ieuneffe,
Ny vœu ny oraifon ne flechift la rudeffe
De la Mort qu'on dit fille à bon droict de la Nuict,
Que cefte belle Royne auant que porter fruict,
Ne mouruft en fa fleur : le poumon qui eft hofte
De l'air qu'on va fouflant, luy tenoift à la cofte.
Elle mourut fans peine ès bras de fon mary,
Et parmy fes baifers : luy triftement marry,
Ayant l'ame du dueil & de regret frappée,
Voulut cent fois percer fon corps de fon efpée.
La raifon le retint, & tout ce faict ie vey,
Qui ieune l'auois Page en fa terre fuiuy,
Trop plus que mon merite, honoré d'vn tel Prince,
Sa bonté m'arreftant deux ans en fa prouince.

Suivant Du Perron (p. 1670), ce fut en Écosse que le penchant de Ronsard pour les lettres devint impérieux. Il « y feiourna deux ans & demy, pendant lefquels il apprit les particularitez & la langue de la prouince. Or ce fut là premierement qu'il commença à prendre gouft à la poëfie. Car vn Gentil-homme Efcoffois, nommé le Seigneur Paul, tresbon Poëte Latin, fe plaifoit à luy lire tous les iours quelque chofe de Virgile ou d'Horace, le luy interpretant en François, ou en Efcoffois : & luy qui auoit defia jetté les yeux fur les rymes de nos anciens Autheurs, s'efforçoit de le mettre en vers le mieux qu'il luy eftoit poffible. »

Binet, qui parle également de ce « Seigneur Paul, Efcoffois, » ajoute (p. 1641) : « Baïf m'a affeuré toutesfois qu'il eftoit Piedmontois, lequel auoit efté page auec Ronfard. » Pourquoi ne pas supposer qu'il s'agit de deux personnes différentes, et que Ronsard, attiré dès l'enfance vers la littérature, se rapprochait instinctivement de tous ceux qui en avaient le goût et pouvaient lui en faciliter l'étude ?

En revenant d'Angleterre, Ronsard rentra chez son ancien maître (V, 251 ; IV, 97) :

Retourné, ie fus Page au grand Duc d'Orleans,
Le tiers fils de FRANÇOIS...

Long temps à l'Efcurie en repos ne me tint.

« Il auoit, dit Binet (p. 1639), pour compagnon & familier amy le Seigneur de Carnaualet. » Lorsque ce condisciple, plus âgé que lui de quatre ans, fut nommé gouverneur du duc d'Anjou, depuis Henri III, il lui adressa un sonnet où il le compare à Chiron et à Phœnix (II, 13) ; mais au temps dont nous parlons le futur poète était surtout habile aux exercices du corps.

Suivant Du Perron (p. 1671), « il fe rendoit merueilleux par deffus tous fes compagnons, fuft à tirer des armes, à monter à cheual, à voltiger, à lutter, à ietter la barre, & autres tels efforts, où l'auantage de la complexion eft principalement requis. Car ceux qui l'ont cogneu en fa premiere fleur racontent que iamais la nature n'auoit formé vn corps mieux compofé ny proportionné que le fien, tant pour l'air & les traicts du vifage qu'il auoit tres-agreable, que pour fa taille & fa ftature extremement augufte & Martiale. »

Pendant que Ronsard se formait à tous les exercices, son maître songeait à devenir le gendre de Charles-Quint (V, 251) :

En magnifique pompe en Flandre il visita
Par deux fois l'Empereur, qui benin le traita :
Il luy promit sa fille, & chargé d'esperance,
De ieunesse & d'Amour, fist son retour en France.

Enchanté de son page, le duc d'Orléans l'envoie (IV, 97)

... en Flandres & Zelande.

Ronsard était chargé, dit Marcassus, de « quelques parolles de creance » que le prince adressait à sa fiancée. Je devais ensuite, nous dit-il, me rendre (IV, 97)

... en Escosse, où la tempeste grande
Auecques Lassigni, cuida faire toucher
Poussée aux bords Anglois la nef contre vn rocher.
. . . .
La nef en cent morceaux se rompt contre le bord,
Nous laissant sur la rade, & point n'y eut de perte
Sinon elle qui fut des flots salez couuerte.
. . . .
D'Escosse retourné, ie fus mis hors de page.

Toutefois son éducation de gentilhomme n'était pas encore terminée, et s'il quitta la maison de Charles, duc d'Orléans, troisième fils de François Ier, ce fut pour entrer dans celle de Henri, second fils de ce roi, qui, devenu dauphin par la mort de François, premier maître du poète, devait bientôt succéder à son père sous le nom d'Henri II. Il rappelle en ces termes cette époque de sa vie dans une pièce intitulée : *Caprice. Au Seigneur Simon Nicolas* (VI, 232) :

Tu me cogneus, deslors que i'estois Page
A ce grand Roy qui deuoit, sans l'effort
D'vn accident, darder son nom du bord
Où le Soleil éueille sa paupiere,
Iusqu'où il tombe en l'onde mariniere ;

et ailleurs (IV, 188) il dit à Henri II lui-même :

I'ay, quand i'estois ton page, autrefois sous Granual
Veu dans ton escurie vn semblable cheual
Qu'on surnommoit Hobere, ayant bien cognoissance
De toy quand tu montois...

Bientôt le jeune page compléta son éducation par des voyages qui devaient le préparer aux affaires (IV, 97) :

... à peine seize ans auoient borné mon âge,
Que l'an cinq cens quarante auec Baïf ie vins
En la haute Allemaigne...

Nous avons raconté dans la biographie de Jean Baïf (p. v) l'ambassade de Lazare de Baïf son père, et nous n'avons pas à y revenir.

« Apres ce voyage, dit Binet (p. 1640), il en fit vn autre en Piedmont, auec ce grand Capitaine de Langey, pour faire seruice au Roy, en la professiion, où le flot des affaires du temps, & non l'inclination de sa nature le poussoit. »

Guillaume du Bellay, seigneur de Langey, parti pour l'Italie en novembre 1541, ne devait pas revenir en France ; il mourut à Saint-Saphorin, le 9 janvier 1543, entouré de tous les gens de sa maison, dont Rabelais nous donne la liste et parmi lesquels il se place [1].

Au moment de cette catastrophe, Ronsard était depuis longtemps de retour, mais il est probable qu'au cours de son voyage il avait eu occasion de se trouver avec Rabelais, et ce serait de cette rencontre que daterait la mésintelligence que plusieurs historiens ont signalée entre eux.

Il faut remarquer que le plus ancien témoignage de cette animosité prétendue nous a été fourni en 1697 par Bernier [2]. Comme indice contemporain de leur querelle on ne pourrait

1. *Quart liure*, c. XXVII.
2. *Jugements... sur les œuures de... Rabelais*, p. 52.

alléguer que l'*Epitaphe de François Rabelais* par Ronsard (VI, 253), badinage dénué de toute acrimonie.

A l'époque où l'on écrivait l'histoire littéraire sans se préoccuper des dates, on a pris la harangue de l'écolier limousin pour une satire du style de Ronsard, mais *Pantagruel* a paru en 1533, c'est-à-dire lorsque le poète n'avait encore que huit ans. Cela n'embarrasse guère Michelet : selon lui, la colère de Ronsard vient de ce qu'il avait été, non pas critiqué, mais annoncé dans ce livre[1] :

« La haine des deux partis venait de loin. Rabelais, dès les premières pages du *Pantagruel,* quinze ans d'avance, avait prédit Ronsard...

« Joachim était propre neveu du cardinal Jean du Bellay, le patron de Rabelais ; il en était jaloux, et il haïssait cruellement ce roi des rieurs. Ce fut lui qui, plus que personne, travailla contre Rabelais, éleva l'autel nouveau, la nouvelle religion littéraire, le nouveau dieu Ronsard. »

On ne saurait plus mal tomber, car Joachim Du Bellay semble chercher toutes les occasions de faire l'éloge de Rabelais. Déplore-t-il le dédain avec lequel notre langue est traitée? il se hâte de faire en faveur du grand railleur une réserve des plus formelles[2] : « Tous les ſçauans hommes de France n'ont point mepriſé leur vulgaire. Celuy qui fait renaitre Ariſtophane, & faint ſi bien le Nez de Lucian, en porte bon temoignage. » Dresse-t-il la liste des *enfans poëtiques* du temps? il y place, non sans quelque complaisance (I, 145),

L'vtiledoux Rabelais,

pour qui les vers n'ont jamais été un titre de gloire, et il le

1. *Histoire de France,* t. XI, c. 11.

2. Du Bellay, I, 61 ; voyez encore t. II, 410, 565, et note 129.

met à côté du *grand Baïf,* de *Dorat* et même du *Pindare François,* ce qu'il n'aurait osé faire si quelque dissentiment sérieux avait existé entre eux. C'en est assez, et trop peut-être, sur une légende fort persistante quoique très peu fondée ; il est temps, après cette digression, de reprendre la suite de la biographie du poète.

Vers cette époque il est atteint d'un mal dont l'origine est assez difficile à connaître : de cette surdité, que Du Bellay se glorifie de ressentir également et à laquelle il adresse un hymne, dédié à Ronsard, la regardant comme la cause unique de la gloire du poète (II, 403) :

La Surdité, Ronſard, ſeule t'a fait retraire
Des plaiſirs de la court, & du bas populaire,
Pour ſuyure par vn trac encores non battu
Ce penible ſentier, qui meine à la vertu.

Ronsard place immédiatement après son voyage en Allemagne avec Lazare Baïf l'apparition de cette infirmité (IV, 98) :

Mais làs! à mon retour vne aſpre maladie
Par ne ſçay quel deſtin me vint boucher l'ouie,
Et dure m'accabla d'aſſommement ſi lourd,
Qu'encores auiourd'huy i'en reſte demy-ſourd.

Binet à ce sujet cherche à donner une explication scientifique qui rappelle celles que Molière met dans la bouche des médecins de ses comédies (p. 1640) : « pendant qu'il eſtoit en Allemagne, il fut contraint de boire des vins tels qu'on les trouue, la plus grand part ſouffrez & mixtionnez : Occaſion, auec les tourmens de mer, les incommoditez des chemins, & autres peines de la guerre, qu'il auoit ſouffertes, que pluſieurs humeurs groſſieres luy monterent au cerueau, tellement qu'elles luy cauſerent vne defluxion, puis vne fiéure tierce, dont il deuint ſourdaut. » Nous devons remarquer, avec Sainte-Beuve, qu'un passage d'un pamphlet latin que nous nous abstenons de traduire, attribue à son mal une tout autre origine[1].

Ronsard, se voyant moins apte aux négociations et aux affaires, ressentit l'impérieux désir de se vouer tout entier à l'étude. Il ne regrettait point de n'avoir pas profité au collège de Clermont ; c'était un autre genre d'éducation, plus large, plus étendu, plus en rapport avec les idées nouvelles qui se faisaient jour, qu'il ambitionnait d'acquérir.

Le difficile pour Ronsard était d'obtenir l'autorisation de son père.

Plusieurs fois le poète s'est plu à nous faire connaître la sollicitude dont il a été entouré ; dans sa *Prosopopee de Louys de Ronsard* (V, 163), il nous a fait entendre l'écho des conseils de morale austère prodigués à sa jeunesse. Ce père prudent tenait surtout à ce que son fils eût une profession bien définie. Il lui laissait toute liberté de se faire avocat, médecin, soldat, mais il ne voulait pas qu'il s'adonnât à la poésie et lui répétait souvent (V, 175) :

Homere que tu tiens si souuent en tes mains,
Qu'en ton cerueau mal-sain comme vn Dieu tu te peins,
N'eut iamais vn liard...

C'est ce qui fait dire à Binet (p. 1642) : « l'an 1543. il fit

1. *Plus dicunt quod Ronsardus*
Certo sit factus surdus
A lue hispanica,
Et quamuis sudauerit
Non tamen receperit
Auditum & reliqua.

(Prosa Magistri nostri Nicolai Mallarii Gomorrhæi Sorbonici, ad M. Petrum Ronsardum, presbyterum poetam papalem Sorbonicum. 1563.) — Cf. LEBER, *De l'état réel de la presse et des pamphlets, depuis François Ier jusqu'à Louis XIV*. Techener, 1834, p. 89.

trouuer bon à ſon pere le deſir de ſe remettre aux lettres, mais non en intention qu'il s'addonnaſt à la Poëſie, luy defendant expreſſément de tenir aucun liure François, l'ayant cogneu preſque dés le berceau enclin au meſtier des Muſes. »

Un acte de tonsure[1], publié par M. l'abbé Froger, nous révèle le motif qui dut décider le père de Ronsard à laisser son fils reprendre ses études favorites. L'infirmité survenue à Pierre de Ronsard lui fermant la carrière diplomatique qui avait semblé s'ouvrir brillamment devant lui, son père, dont la tendresse et la sagesse mondaine ne sauraient être mises en doute, consentit à ce qu'il se livrât à des travaux qui pouvaient le conduire aux plus hautes dignités ecclésiastiques. Mais il ne put préparer comme il l'aurait souhaité la nouvelle carrière qu'il rêvait pour son fils : il mourut d'une façon assez subite « le ſixieſme iour de Iuin 1544. en la ville de Paris ſeruant ſon quartier chez le Roy. Ronſard donc voulant recompenſer le temps perdu, ayant le plus ſouuent pour compagnon le ſieur de Carnaualet, Gentil-homme Breton, & des mieux nourris, ſe deſroboit de l'Eſcurie du Roy, pres de laquelle il eſtoit logé aux Tournelles, pour paſſer l'eau, & venir trouuer Iean Dorat, honneur du pays Limoſin,... auquel ie dois auſſi vne bonne partie de mes eſtudes. Dorat demeuroit lors au quartier de l'Vniuerſité chez le Seigneur Lazare de Baïf Maiſtre des Requeſtes ordinaires de l'Hoſtel du Roy, & enſeignoit les lettres Grecques à Iean Antoine de Baïf ſon fils (Binet, p. 1642). »

Bientôt Dorat devenu, de précepteur privé, professeur public, est chargé de gouverner le collège de Coqueret. Ronsard n'hésite pas à l'y suivre. Dévoré du désir de savoir, qui caractérise cette vaillante époque, ce jeune homme élégant, dissipé, déjà poète non sans quelque mérite, ne refait pas

1. Voyez l'*Appendice*, p. cxiv.

seulement son éducation, ne se contente pas de se placer temporairement sous la discipline d'un maître; il se soumet aux exercices scolaires et devient *écolier* dans toute la rigueur du mot, dont il n'a pas hésité à se servir (V, 406) :

I'ay ſuiui les grands Rois, i'ay ſuiui les grands Princes,
I'ay pratiqué les mœurs des eſtranges prouinces,
I'ay long temps eſcolier en Paris habité.

Claude Garnier, un des commentateurs du poète, a dit à propos de ces vers (éd. de 1623, p. 1379) : « Quand apres la mort de ſon pere Louys de Ronſard, il changea la Court à la maiſon du ſçauant Dorat precepteur de Iean Antoine de Baïf où ſa demeure fut de ſept ans, à fin de vaquer à la Poëſie, & la mettre en ſon periode : & ne faut eſtre eſmerueillé de ce change, car alors Paris eſtoit ce que fut Athenes, la Muſe ayant tant de vogue en ſon eſtenduë, qu'elle y donnoit le couuert à trente mille Eſcoliers. »

Je n'oserais garantir l'exactitude du chiffre, mais la vivacité du sentiment qui entraînait alors vers l'étude toutes les classes de la société est incontestable; il n'y avait pas bien longtemps que Rabelais avait mis dans la bouche de Pantagruel cette assertion si vraie dans son amusante exagération (t. I, p. 255) : « Ie voy les brigans, les boureaulx, les auanturiers, les palefreniers de maintenant plus doctes que les docteurs & preſcheurs de mon temps. »

Ronsard et Baïf ont parlé à plusieurs reprises de leur séjour chez Dorat, de leur vive amitié, de la façon dont ils s'entr'aidaient dans leurs travaux; nous avons raconté tout cela assez au long, dans nos *Notices* sur Dorat (p. XIII-XVII) et sur Baïf (p. VII-VIII), pour nous borner ici à le rappeler.

Il resterait à donner une liste des condisciples de Ronsard et de Baïf. Dans l'impossibilité d'en dresser une un peu complète, mentionnons du moins quelques noms faciles à recueillir. Binet, après s'être déclaré lui-même élève de Dorat

(p. 1642), ajoute : « plufieurs beaux efprits fe refueillerent & vindrent boire en cefte fontaine dorée, comme M. Antoine de Muret, qui auoit ja grand auancement en l'eloquence Latine, Lancelot Charles, Remy Belleau, & quelques autres. » (p. 1643).

Joignons-y Pierre Paschal, que Ronsard nous signale dans l'épître transformée plus tard en *Elegie* à Belleau, et un ami intime de Paschal, Durban, qui, dans cette même épître, occupe la place dévolue ensuite à Baïf. Ronsard adresse à ce même Durban, dans les *Meslanges* de 1559, une pièce intitulée : *Ode à Michel Pierre de Mauleon, Protenotere de Durban*, qui devint plus tard la 22e du livre III (II, 297).

Binet, à notre gré trop sobre de détails sur les premiers essais littéraires de Ronsard, signale cependant « quelques petits Poëmes, où paraiffoit defia ie ne fçay quoy du magnanime charactere de fon Virgile (p. 1643), » et nous répète le reproche, rempli tout à la fois d'enthousiasme et d'amertume, adressé par le jeune poète à Dorat, lorsque celui-ci lui révéla le *Prométhée* d'Eschyle : « Et quoy, mon Maiftre, m'auiez-vous caché fi long temps ces richeffes ? » Il nous apprend que Ronsard avait traduit cette tragédie ; enfin il nous le montre s'appliquant « à tourner en François le Plutus d'Ariftophane, & le faire reprefenter en public au Theatre de Coqueret, qui fut la premiere Comedie Françoife iouée en France. » Les disciples du poète en ont recueilli un fragment imprimé pour la première fois dans l'édition de 1623. C'est plutôt une imitation libre qu'une traduction exacte. Les expressions en sont très populairement françaises, les proverbes habilement transposés dans le langage de nos farces, et on n'y trouve pas trace des tournures grecques ou latines affectées plus tard par le poète, et qui donnèrent à son œuvre une réputation de pédantisme, qu'il n'a méritée que pendant peu d'années et qu'il a conservée durant des siècles.

Malgré son assiduité au collège de Coqueret, Ronsard avait soin de ne pas se laisser oublier à la Cour. Ce fut dans un des voyages qu'il y fit qu'il rencontra Cassandre (IV, 98) :

... en Auril, Amour me fist surprendre,
Suiuant la Cour à Blois, des beaux yeux de Cassandre.

Binet, plus précis, ajoute le quantième : le « 21. iour d'Auril » (p. 1644), mais sans nous faire connaitre l'année ; c'est le poète qui va nous la dire, dans un des sonnets des *Amours* (I, 60) :

L'an mil cinq cens auec quarante & six,
En ses cheueux vne Dame cruelle,
Autant cruelle en mon endroit que belle,
Lia mon cœur de ses cheueux surpris.

Il nous apprend que Cassandre était née à Blois (I, 66) :

Ville de Blois, naissance de ma Dame,
Seiour des Roys & de ma volonté,
Où ieune d'ans ie me vy surmonté
Par vn œil brun qui m'outre-perça l'ame.

Il complète ainsi son portrait (I, 11) :

Vne beauté de quinze ans enfantine,
Vn or frisé de meint crespe anelet,
Vn front de rose...

Quant à son nom, rien de plus difficile à découvrir. Le poète nous laisse à ce sujet dans une complète incertitude (IV, 98) :

Soit le nom faux ou vray, iamais le temps veinqueur
N'effacera ce nom du marbre de mon cœur.

Binet, il est vrai, nous dit (p. 1644) : « Ronsard s'estant

en-amouré d'vne belle fille Blesienne qui auoit nom Cassandre... resolut de la chanter, tant pour la beauté du sujet que du nom, » et Muret fait la remarque suivante, à propos de ces mots d'un des premiers sonnets des *Amours* (I, 4 et 380),

... ma guerriere Cassandre,

« la Dame de l'Autheur s'appelle ainsi en son propre nom. » Mais Brantôme affirme le contraire avec bien plus de vraisemblance (IX, 257) : « Il l'a déguisée d'vn faux nom. »

Sans nous arrêter à toutes les suppositions faites à ce sujet, dont nous avons parlé dans nos notes sur les *Amours* (I, 380), nous invoquerons un témoignage important de d'Aubigné, dont on a négligé jusqu'ici de tirer parti. Il dit dans son *Printems* (éd. Réaume, t. III, p. 17) :

Ronsard, si tu as sceu par tout le monde espandre
L'amitié, la douceur, les graces, la fierté,
Les faueurs, les ennuys, l'aise & la cruauté,
Et les chastes amours de toy & ta Cassandre :
Ie ne veux à l'enuy, pour sa niepce entreprendre
D'en rechanter autant comme tu as chanté,
Mais je veux comparer à beauté la beauté,
Et mes feux à tes feux, & ma cendre à ta cendre...

Il nous donne ailleurs quelques détails précis sur cette nièce de Cassandre dont il était amoureux, et nous fait connaître le nom des deux jeunes filles ; il dit en parlant de Ronsard : je l'ai « cogneu priuement, ayant osé à l'age de vingt ans luy donner quelques pieces, & luy daigné me respondre. Nostre cognoissance redoubla sur ce que mes premiers amours s'attacherent à Diane de Talsi, niece de Mlle de Pré qui estoit sa Cassandre [1]. »

1. D'AUBIGNÉ, *Lettres touchant quelques poincts de diverses sciences...* XI. T. I, p. 457.

Dans sa *Vie,* sous les années 1570, 1572 (t. I, p. 18-21), il complète et précise ces détails, en nous apprenant qu'il « deuint amoureux de Diane Saluiaty, fille aifnee de Talcy, » et que « le Cheualier Saluiaty rompit le mariage fur le different de la religion. »

La passion de Ronsard pour Cassandre était surtout une passion d'artiste et de poète, un moyen de former et d'assouplir son style; il pétrarchisait à Blois, comme il pindarisait au collège de Coqueret; et uniquement désireux d'égaler les grands poètes de l'antiquité et de l'Italie, il ne se pressait pas de faire imprimer des vers qui n'étaient encore à ses yeux que des études et des exercices. Une circonstance fortuite le fit changer d'avis et le décida à produire ses œuvres en public.

« Enuiron ce temps, qui eftoit l'an mil cinq cens quarante neuf, ainfi qu'il retournoit d'vn voyage de Poictiers à Paris, de fortune il fe rencontra en vne mefme hoftellerie auec Ioachim du Bellay, ieune Gentil-homme Angeuin, & iffu de cefte illuftre & docte maifon de Du-Bellay, lequel en retournant auffi de Poictiers de l'eftude des Loix... ils fe firent cognoiftre l'vn à l'autre, pour eftre non feulement alliez de parentage, mais de mefme inclination aux Mufes : qui fut caufe qu'ils acheuerent le voyage enfemble; & depuis l'attira Ronfard à demeurer auec luy & Baïf, pour en ceft heureux Trium-virat, & à la femonce les vns des autres, donner effect à l'ardent defir qu'ils auoient de refueiller la Poëfie Françoife, auant eux foible & languiffante (Binet, 1644). » Ceci explique le ton de *La deffence & illuftration de la Langue Françoyfe,* signée des initiales de Du Bellay, rédigée par lui, et à laquelle toutefois Ronsard a peut-être eu en réalité la plus grande part. C'est une sorte de sténographie des déclamations enflammées de ces trois jeunes gens, qui, préparant une révolution littéraire avec autant d'ardeur que s'il s'agissait d'une revanche nationale, terminent ainsi leur manifeste : « La donq', Françoys, marchez couraigeusement vers cete superbe Cité Romaine : & des serues Depouilles d'elle (comme vous auez fait plus d'vne fois) ornez vos Temples & Autelz... Donnez en cete Grece Mentereffe, & y femez encor' vn coup la fameuse Nation des Gallogrecz. » (I, 62.)

Après un semblable cri de guerre, impossible de demeurer dans l'inaction. Ronsard publie quelques pièces isolées telles que l'*Epithalame* d'Antoine de Bourbon et de Jeanne de Navarre (II, 308), et l'*Hymne de la France* (VI, 146), puis il sollicite pour ses *Odes* un privilège, qui lui est accordé le 10 janvier 1549. L'ouvrage paraît sous la date de 1550; il est précédé d'un avis *Au Lecteur* (II, 474), dans lequel on trouve avec quelque étonnement les déclarations suivantes : « Quand tu m'appelleras le premier auteur Lirique François... lors tu me rendras ce que tu me dois... des mon enfance i'ai tousiours estimé l'estude des bonnes lettres... & osai le premier des nostres, enrichir ma langue de ce nom Ode, comme l'on peut ueoir par le titre d'une imprimée sous mon nom dedans le liure de Iaques Peletier du Mans... affin que nul ne s'atribue ce que la uerité commande estre à moi. »

Ce langage, si outrecuidant en apparence, avait pourtant sa raison d'être, que Binet nous fait connaître (p. 1645) : « Ainsi que le bruit couroit des Amours de Cassandre, & de quatre liures d'Odes, que ja Ronsard promettoit... Du Bellay, qui auoit sur le mesme subjet d'Amour, chanté son Oliue, apres luy voulut s'essayer aux Odes sur l'inuention & crayon de celles de Ronsard, qu'il trouua moyen de tirer & de voir sans son sçeu. Il en composa quelques-vnes, lesquelles auec quelques Sonnets sans mot dire, pensant preuenir la renommée de Ronsard, il mit en lumiere sous le nom de Recueil de Poësie, qui n'engendra en Ronsard, si non vne enuie, à tout le moins vne raiſonnable ialouſie contre Du Bellay, iuſques à intenter action contre luy pour le recouurement de ſes papiers; leſquels ayant retiré par droit, non ſeulement ils quitterent leur querelle, mais Ronſard ayant incité Du Bellay à continuer ſes Odes, redoublerent leur amitié. »

La suite de l'avis *Au Lecteur* des *Odes* confirme ce récit (II, 475) : « Depuis aiant fait quelques vns de mes amis participans de telles nouuelles inuentions, approuuants mon entrepriſe, ſe ſont diligentés faire apparoiſtre combien noſtre France eſt hardie, & pleine de tout uertueus labeur, laquelle choſe m'eſt aggreable pour ueoir, par mon moien, les uieus Liriques, ſi heureuſement reſuſcités [1]. »

La priorité de Ronsard comme poète lyrique est reconnue, son rôle de chef d'école accepté; c'est tout ce qu'il demande, il est ensuite tout disposé à se montrer bon prince, et proclame Joachim du Bellay son meilleur auxiliaire.

Dès que les *Odes* parurent, les amis de Ronsard les portèrent aux nues; d'excellents compositeurs, tels que Certon, Goudimel, Janequin, les mirent en musique, et ce fut une mode de les chanter.

On devine quelle fut alors la colère des anciens poètes de l'école de Marot, seuls jusque-là en possession de la faveur de la Cour. Heurtés dans leurs préjugés littéraires, attaqués avec une verve insolente par Du Bellay, qui avait

1. Nous avons fait remarquer (II, 482) qu'il manque à l'exemplaire de la Bibliothèque nationale, comme à un très grand nombre d'autres, deux feuillets non chiffrés avant le folio 1. M. l'abbé Froger, qui possède un exemplaire complet, y a trouvé un *Suraucrtiſſement,* qui avait échappé à tous les éditeurs, et qu'il a publié le premier dans *Les premières poésies de Ronsard.* Mamers, G. Fleury, 1892. In-8°, p. 30 et 31. Voyez notre *Appendice* (p. CXV) pour ce *Suraucrtiſſement,* à la suite duquel on trouve, dans l'édition originale des *Odes,* le *Priuilege du Roy* donné à « Fontaine Bleau, le diſiéme iour de Ianuier M. D. XLIX. »

traité d'*epiſſeries* les divers genres qu'ils cultivaient [1], et de chanson vulgaire la *Deploration du bel Adonis,* de Mellin de Saint-Gelais [2], le plus considérable d'entre eux, ils se groupèrent sous la conduite de celui-ci, pour frapper les novateurs dans la personne de leur chef. Binet nous dit (p. 1645) que Mellin « en pleine aſſemblée deuant le Roy... calomnia les œuures de Ronſard, » et, quelques lignes plus loin, dans un passage curieux, il nous révèle les procédés des critiques du poète « liſans au Roy ſes vers tronquez, & les prononçans de mauuaiſe grace, meſmes les mots non communs. » Ces mots *non communs,* qui, perfidement isolés de ce qui les entourait, devenaient l'objet principal des railleries de ces lecteurs de mauvaise foi, c'étaient moins encore les expressions nouvelles tirées du grec et du latin que les termes vendômois dont la rusticité choquait fort les courtisans [3]. Estienne Pasquier nous apprend que ces procédés faillirent obtenir un plein succès (*Recherches,* VII, VI, col. 705) : « Melin de Sainct Gelais, dit-il, degouſtoit le Roy Henry de la lecture de ce jeune Poëte, & par un Privilege de ſon aage, & de ſa barbe, en fut quelque temps creu. Qui fut cauſe qu'en cette belle Hymne que Ronſard fit ſur la mort de la Royne de Navarre [4], aprés auoir imploré tout ſecours & aide de cette ame ſanctifiée, il conclud par ces trois vers :

Et fais que devant mon Prince,
Deſormais plus ne me pince
La tenaille de Melin.

Ce dernier vers fut depuis changé en un autre, aprés leur reconciliation [5]. »

1. I, 38.
2. I, 39, et 482 note 36.
3. Voyez, à l'*Appendice, Surauertiſſement,* p. cxv.
4. II, 390, et 503 note 204.
5. Voyez II, 404.

Dans le *Cinquiesme liure de ses Odes*, publié en 1552, à la suite de la première édition des *Amours*[1], le poète adresse à Marguerite de Savoie, sœur d'Henri II, une pièce dans laquelle on trouve le récit fait par lui-même de l'affaire de Saint-Gelais et de la bienveillante intervention de la princesse. Nous croyons utile d'insérer ici ce morceau remplacé, après la paix faite avec Saint-Gelais, par quatre strophes entièrement différentes[2] :

N'est-ce pas toi, vierge tresbonne,
Qui ne peult souffrir que personne
Deuant tes yeulx soit mesprisé,
Et qui tant me fus fauorable
Quand par l'Ennieux miserable
Mon œuure fut Mellinisé ?

Lorsqu'vn blasmeur auec ses roles,
Pleins de mes plus braues parolles
Et des vers qui sont les plus miens,
Grinçoit la dent enuenimée
Et aboyoit ma renommée,
Comme au soir la Lune est des chiens.

Se trauaillant de faire croire
Au Roy ton frere, que la gloire
Me trahissoit villainement,
Et que par les vers de mon œuure,
Autre chose ne se decœuure
Que mes louenges seulement.

Mais il luy feist voyr que l'Enuie
Estoit le Tyran de sa vie,
Qui le suit d'vn paz eternel,
Qui tousiours tousiours l'accompaigne,
Comme vne Furie compaigne
Le doz d'vn palle criminel.

1. P. 133.
2. Voyez II, 379-380, depuis : *C'est toy Princesse, qui animes,* jusqu'à : *Qui puisse estonner nos neueux ?*

Ce n'est ainsi qu'on me despite,
Plustost courageux on m'incite
A lâcher mes traicts aguizés,
Tombans du ciel comme tempeste,
Pour venir fouldroyer la teste
De ces vieux masques deguisez.

Bien souuent mainte & mainte nue
Pour nuire au Soleil est venue,
Mais oncque ne l'ont deuestu
Des traictz de sa clarté plus forte,
Aussi son entreprinse morte
Bronchera dessoubz la vertu.

La querelle ne se prolongea guère. Michel de l'Hospital prit, en vers latins, la défense de Ronsard, dans une Élégie et dans une Épître adressée à Charles de Lorraine, qui, avec la duchesse de Savoie, s'était montré son meilleur guide dans les instants difficiles (VI, 191) :

... tout esgaré dedans la Cour i'alloye,

. . . .

Comme i'errois ainsi ie veis luire vne flame :
Hà! ce fut le secours propice de Madame
Sœur vnique du Roy, & le vostre, Seigneur,
Qui me fut du chemin le fidele enseigneur.

Ces hauts témoignages de sympathie donnèrent à réfléchir à Saint-Gelais et rendirent la réconciliation plus facile. Un ami commun des deux poètes, Guillaume des Autels, y contribua par une pièce intitulée : *De l'accord de Messieurs de Saingelais, & de Ronsart* [1], qui se termine ainsi :

Comment pourroit ce mortel fiel
Abbreuer ta gracieuse ame,
O Mellin, Mellin tout de miel,
Mellin tousiours loin de tel blame?

1. Dernière pièce des *Façons lyriques*, à la suite de : *Amoureux repos de Guillaume des Autelz, Gentilhomme Charrolois.* A Lyon, par Iean Temporal. M. D. LIII. Signature I iiij. In-8°.

Et toy, diuin Ronſart, comment
Pourroit ton haut entendement
S'abaiſſer à ce vil courage?
Le champ des Muſes eſt bien grand :
Autre que vous encores prend
Son droit en ſi bel heritage :
Mais vous auez la meilleur' part :
Si maintenant ie l'auoys telle,
Ie ferois la paix immortelle
De SAINGELAIS, *& de* RONSARD.

Mellin se rétracta; et son adversaire lui adressa comme gage de réconciliation, dans les *Amours* de 1553, une ode, où après avoir eu soin de prendre acte des excuses que Saint-Gelais lui avait faites avec une certaine solennité, il lui accorde son pardon (II, 353) :

... à tort on me fiſt croire
Qu'en fraudant le prix de ma gloire
Tu auois mal-parlé de moy,
Et que d'vne longue riſée
Mon œuure par toy meſpriſée,
Ne ſeruit que de farce au Roy.
Mais ore, Melin, que tu nies
En tant d'honneſtes compaignies
N'auoir meſdit de mon labeur,
Et que ta bouche le confeſſe
Deuant moy-meſme, ie delaiſſe
Ce deſpit qui m'ardoit le cœur.

Saint-Gelais en fut quitte pour un sonnet assez amphigourique, qui commence ainsi :

D'vn ſeul malheur ſe peut lamenter celle,
En qui tout l'heur des aſtres eſt compris,
C'eſt, ô Ronſard, que tu ne fus eſpris,
Premier que moi de ſa viue eſtincelle.

Ronsard se contenta de cet hommage assez singulier, qui,

suivant la remarque de Colletet[1], indique « que Mellin de Saint-Gelais luy-mesme estoit amoureux de Cassandre, & qu'ainsi il n'estoit pas moins son riual en amour qu'en poesie. »

Le sonnet de Saint-Gelais, *En faueur de P. de Ronsard,* fut placé en tête de l'édition des *Amours* de 1553 ; et Ronsard, fidèle à sa parole, remplaça ses attaques par des plaintes générales et impersonnelles contre les envieux. Il appela même Saint-Gelais, ainsi que le remarque Binet (p. 1645), « le premier des mieux appris. » C'est dans la pièce du *Bocage royal,* adressée à Charles de Lorraine, que Ronsard a fait de lui ce bel éloge (III, 274) :

Sainct Gelais qui estoit l'ornement de nostre âge,
. . . .
Vit (mal-heureux mestier!) vne tourbe infinie
De poltrons auancez, & peu luy profitoit
Son luth, qui le premier des mieux appris estoit.

Il est vrai que lorsque Ronsard rendait une si éclatante justice à son rival, celui-ci était mort depuis longtemps.

Les Amours, dont l'impression fut achevée le 30 septembre 1552[2], ne se composaient, dans cette première édition, que des pièces adressées à Cassandre, qui forment le premier livre du recueil actuel. Les réminiscences grecques et latines, les allusions mythologiques, les imitations des auteurs anciens ou italiens, abondent encore dans cet ouvrage, surchargé de toutes les recherches d'une érudition raffinée. Tous les écrits de la jeunesse de Ronsard sont entachés du même défaut; le titre de la pièce suivante, publiée en 1553, avec

1. *Pierre de Ronsard,* p. 60. Voyez BLANCHEMAIN, *Œuvres inédites de P. de Ronsard,* Paris, Aubry, 1855.

2. Voyez la description que nous avons donnée de cette édition d'après le seul exemplaire connu de la Bibliothèque d'Orléans, I, 376.

Le cinquiesme liure des Odes augmenté, fait naïvement ressortir le procédé de composition du poète : *La Harangue que fit Monseigneur le Duc de Guise aus soudars de Mez, le iour qu'il pensoit auoir l'assaut, traduite en partie de Tyrtée poète Grec.*

Ronsard, on le voit, ne se contente pas d'imiter les harangues que les historiens et les poètes anciens mettaient dans la bouche de leurs capitaines, il en emprunte les termes mêmes et place dans la bouche du duc de Guise les paroles de Tyrtée. C'est déjà le procédé de transposition, reproché plus tard à Boileau (*Sat.* IX) :

... luy qui fait icy le Regent du Parnasse,
N'est qu'un gueux revêtu des dépouilles d'Horace.
Avant luy Juvenal avoit dit en Latin,
Qu'on est assis à l'aise aux sermons de Cotin.

Cet excès d'érudition n'était pas alors pour déplaire. L'Académie des Jeux floraux, que Du Bellay avait désignée comme la protectrice des vieilles formes poétiques (I, 38), crut à la fois juste et prudent de consacrer, d'une manière éclatante, le mérite du chef de la nouvelle école. Nous n'avons pas la délibération officielle qui lui conféra ces honneurs, mais un procès-verbal postérieur nous en donne une fidèle analyse[1] : « En l'année mil cinq cens cinquante quatre... la fleur de l'Eglantine feut adiugée à Pierre de Ronſard, pour ſon excelent & rare ſçauoir pour l'ornement qu'il auoit apporté à la poeſie françoiſe &... le prix d'icelle auoiɛ̃t eſté conuerti en vne Pallas d'argent qui lui feuſt enuoyée de la part dudiɛ̃t college & des capitoulz. » Binet complète ce récit par les détails qui suivent (p. 1648) : « Combien que ce prix ne ſe donnaſt qu'à ceux qui ſe preſentoient, & qui auoient fait

1. *VIe liure des Conſeils de la maiſon de ville de Tholoſe.* Du troiſieſme iour du mois de may mil cinq cens quatre vingtz ſix. *Bulletin de la Société archéologique du Vendômois.* Communication de M. Arnoult.

experience de leur gentil esprit en la Poësie, toutefois de la franche & pure liberalité du Parlement & peuple de Tholose, entre lesquels le sieur de Pybrac tenoit lors vn des premiers rangs, & par decret public, pour honorer la Muse de Ronsard, qu'ils appellerent par excellence le Poëte François, estimant l'Eglantine trop petite pour vn si grand Poëte, luy enuoyerent vne Minerue d'argent massif de grand prix, laquelle Ronsard ayant receuë presenta au Roy sous le nom de Pallas, present conuenable à ses valeurs, qui l'eut fort aggreable, l'estimant beaucoup d'auantage qu'elle ne valoit, pour auoir serui de marque à la valeur infinie d'vn tel personnage. » Quant aux capitouls, « Ronsard leur enuoya en recompense l'Hymne de l'Hercule Chrestien qu'il addressa à Odet Cardinal de Chastillon lors Archeuesque de Tholose son Mecene, & qui auoit esté des premiers qui donna l'entrée à la reputation de sa Poësie en Cour. »

Le don fait à Henri II par Ronsard est une preuve de la respectueuse familiarité du poète à l'égard du roi; il avait, comme nous l'avons dit, été attaché à la personne du prince bien avant son avènement au trône, et fit partie de sa maison jusqu'à sa mort. Il nous le déclare lui-même formellement (V, 255) :

Ie le serui seize ans domestique à ses gages.

Le roi, qui se vantait de l'avoir formé, l'appelait : « sa nouriture[1], » mais longtemps il avait surtout vu en lui un compagnon de jeux. « Le Roy, dit Binet (p. 1641), ne faisoit partie, fust à la luitte, fust au balon, & autres exercices propres à degourdir & fortifier la ieunesse, où Ronsard ne fust tousiours appellé de son costé : Tesmoin lors que le Roy fit partie au balon dans le pré aux Clercs, auec Monsieur de Lon-

1. Brantome, III, 289.

gueuille : où le Roy ne voulut iamais commencer le jeu qu'il n'y fuſt, & dit tout haut, apres auoir gaigné, que Ronſard en eſtoit la cauſe. »

Cette renommée, dont il s'était contenté quelque temps, ne lui suffisait plus ; ce qu'il voulait c'était avoir à la Cour, comme poète, un rang digne de lui. Il y parvint lorsque la duchesse de Savoie eut ouvert les yeux d'Henri II : « Il eſtima à grand honneur d'auoir vn ſi bel eſprit en ſon Royaume : Et de là en auant le gratifia & d'honneurs & de biens aſſez amplement, & de penſion ordinaire. » (Binet, p. 1647.)

Ronsard ne négligeait rien pour mériter ces faveurs. Lui que nous avons vu en 1554 se vantant de ne point mendier « Des Rois ni biensfaictz ni honneurs[1], » adresse, en 1555, à Diane de Poitiers, une pièce du troisième livre de ses *Odes* dans laquelle il lui donne un avant-goût des louanges qu'il voudrait être admis à lui prodiguer (VI, 367) :

Ie chanterois vers l'egliſe ta foi,
Comme tu es la parente du Roi
Qui te cheriſt comme vne Dame ſage,
De bon conſeil, & de gentil courage,
Graue, benine, aymant les bons eſpris
Et ne metant les Muſes à meſpris.

Ces éloges ont de quoi nous surprendre, et ce n'est guère sous cet aspect que nous nous représentons la favorite d'Henri II ; il est juste de remarquer pourtant que certains contemporains, dont l'appréciation était tout à fait désintéressée, s'exprimaient à peu près de même à son sujet. Marino Cavalli, ambassadeur vénitien, dit dans un de ses rapports[2] : « Henri II n'eſt guère adonné aux femmes : la ſienne lui

1. Voyez ci-dessus, p. ij.
2. *La Diplomatie des Princes de l'Europe au XVIe siècle*, par Armand Baschet. — Paris, Plon, 1862. In-8°, p. 431.

ſuffit; pour la converſation, il s'en tient à celle de Madame la Senechale de Normandie, agée de quarante huit ans. Il a pour elle une tendreſſe veritable; mais on penſe qu'il n'y a rien de laſcif, & que dans cette affection c'eſt comme entre mere & fils; on affirme que cette dame a entrepris d'endoctriner, de corriger, de conſeiller Mr le Dauphin. »

Les sollicitations du poète paraissent n'avoir pas eu grand succès. Il les a souvent renouvelées, tout en en variant le plus possible la forme (VI, 263) :

Seroy-ie ſeul viuant en France de voſtre âge,
Sans chanter voſtre nom ſi craint & ſi puiſſant?

. . . .

I'ay peur d'eſtre accuſé de la poſterité,
Qui tant oyra parler de voſtre Deïté,
Dequoy, moy la voyant, ie ne l'auray loüée.

Ailleurs, faisant allusion à l'emblème du croissant, qui lui était consacré, il s'écrie (VI, 379) :

... noſtre ſoleil vous ornant de ſes rais
Vous fait partout verſer vn bonheur en la France,
Fors ſur moy, qui ne ſens encore l'abondance
Que deſſus vn chacun repandent vos beaux traits.

Ne réussissant point directement, il cherche des intermédiaires, et prie Olivier de Magny de s'adresser à leur ami commun, d'Avanson, conseiller d'État et ambassadeur à Rome, pour obtenir d'elle « quelque faueur; » en revanche il promet de le peindre comme un nouveau Phœbus (VI, 34) :

Des Muſes conduiſant la neuuaine celeſte.

Ce changement de conduite si complet n'avait rien qui étonnât la cohorte des poètes faméliques du temps, mais elle affligeait les amis sérieux de Ronsard. Estienne Pasquier, lui parlant dans une lettre de 1555 de la foison « d'eſcriuaſſeurs » qui a surgi à sa suite, constate qu'ils ne font que donner plus de lustre à ses écrits : « Leſquels, pour vous dire en amy, je trouve tres-beaux lors qu'avez ſeulement voulu contenter voſtre eſprit : mais quand par une ſervitude à demy courtiſane eſtes forty de vous meſmes pour eſtudier au contentement, tantoſt des grands, tantoſt de la populace, je ne les trouve de tel alloy... » Puis, répondant à un passage d'une de ses lettres qui ne nous est pas parvenue, c'est en ces termes, dignes d'Alceste, qu'il lui rend grâce de l'avoir nommé dans ses vers : « Quant à ce que me mandez, qu'en quelques endroits de vos œuvres, vous eſtes ſouvenu de moy, je vous en remercie, comme celuy qui ne ſera iamais marry que l'on ſçache à l'advenir que Ronſard & Paſquier furent de leurs vivans amis. Mais en vous remerciant, je ſouhaitterois que ne fiſſiez ſi bon marché de voſtre plume à hault-loüer quelques-uns que nous ſçavons notoirement n'en eſtre dignes. Car en ce faiſant, vous faiĉtes tort aux gens d'honneur. Je ſçay bien que vous me direz qu'eſtes contraint par leurs importunitez, de ce faire, ores que n'en ayez envie. Je le croy : mais la plume d'un bon Poëte, n'eſt pas telle que l'aureille d'un Juge, qui doit donner de meſme balance, audience au mauvais, tout ainſi qu'au bon. Car quant à la plume du Poëte, elle doit eſtre ſeulement voüée à la celebration de ceux qui le meritent. » (I, VIII, col. 12).

Nous ne savons si Ronsard répondit à Pasquier. S'il le fit, ses dénégations ne durent pas être très vives, car il a lui-même fait plus tard au cardinal de Châtillon, non sans quelque exagération et beaucoup d'amertume, des aveux d'une nature analogue (V, 148) :

... i'appris le chemin d'aller ſouuent au Louure :
Contre mon naturel i'appris de me trouuer
Et à voſtre coucher & à voſtre leuer,
A me tenir debout deſſus la terre dure,
A ſuiure vos talons, à forcer ma nature :
Et bref en moins d'vn an ie deuins tout changé.

Il avait formé ce rêve, souvent renouvelé depuis, avec

aussi peu de succès : doter la France d'une épopée. Du Bellay avait consacré un chapitre de son programme au *long Poëme Françoys* (I, 41), et Ronsard s'était réservé cette tâche. Cette épopée nationale devait nécessairement être imitée d'Homère et de Virgile. L'histoire d'un Francus, fils d'Hector, fondateur de la monarchie française, racontée dans la partie légendaire de nos annales, était, à ce point de vue, un sujet excellent. Pour y travailler avec succès il fallait beaucoup de temps et, par conséquent, d'assez grands secours pécuniaires. C'est ce que le poète ne cesse de répéter au roi, qui lui objecte les dépenses et les préoccupations causées par la guerre ; aussi chaque fois qu'une accalmie se produit, Ronsard revient à la charge (II, 75) :

Les vertus & les biens que ie veux receuoir
D'vn ſi puiſſant Monarque, eſt vn iour de pouuoir
Amener ton Francus ſuiuy de mainte trope
De guerriers, pour donter les Princes de l'Europe.
Mais il te faut payer les frais de ſon arroy ;

et ailleurs (VI, 261) :

Roy, qui les autres Roys ſurmontez de courage,
Ne vous excuſez plus deſormais ſur la guerre,
Que voſtre ayeul Francus ne vienne en voſtre terre,
Qui durant vos combats differoit ſon voyage.

Plus à l'aise avec le Cardinal de Lorraine, il lui expose naïvement l'impatience qu'il ressent en voyant le roi prodiguer à des peintres étrangers un argent qui pourrait servir à payer des vers à sa louange (VI, 192) :

Me blaſme qui voudra d'importuner le Roy
D'augmenter ma fortune...

. . . .

Il ne ſçauroit monſtrer largeſſe plus honneſte
Que vers ceux que la Muſe & Phœbus Apollon
Nourriſſent cherement pour illuſtrer ſon nom.

Ie ne ſçaurois penſer que des peintres eſtranges
Meritent tant que nous les poſtes des loüanges,
Ny qu'vn tableau baſty par vn art ocieux
Vaille vne Franciade œuure laborieux.

Il revient à plusieurs reprises sur les mêmes idées, et bien loin de demander le secret sur ses confidences, il explique fort nettement qu'il compte qu'elles seront répétées au roi :

Hà, bons Dieux! qui mettroit la Franciade à fin
Sans le bien-fait d'vn Roy? ie le vous dis, à fin
Que voſtre Sainɛteté quelquefois luy redie.

Il ne prétend pas tromper le roi, ce n'est pas un secours temporaire qu'il demande pour un travail de ce genre, c'est une bonne pension, qui lui donnera une dizaine d'années de tranquillité pour composer son poème avec une sage lenteur :

Vne ode, vne chanſon ſe peut faire ſans peine :
Mais vne Franciade, œuure de longue haleine,
Ne s'accomplit ainſi : il me faut eſprouuer
La longueur de dix ans auant que l'acheuer.

Il prévoit une objection, qui le trouble et qu'il tient à prévenir :

Peut-eſtre on me dira que ie ſuis de loiſir,
Et que ie la deurois chanter pour mon plaiſir :
Mais certes ce n'eſt moy qui en vain me diſtile
Le cerueau par dix ans pour vne œuure inutile.

Ses amis vantaient ce poème avant qu'il fût commencé. L'un d'eux, Pierre Lescot de Clany, chargé de contribuer aux embellissements du Louvre, entreprenait d'y symboliser la Franciade. C'est du moins ce qui semble résulter de ce récit un peu obscur de Binet (p. 1648) : « Il n'y auoit grand Seigneur en France qui ne tinſt à grande gloire d'eſtre en ſon amitié, & ſes œuures en font aſſez de foy. Ce fut auſſi ce qui eſmeut le ſieur de Clany, à qui le Roy Henry auoit commis la conduite de l'architecture de ses Chasteaux, de faire engrauer en demy-bosse sur le haut de la face du Louure vne Déesse qui embouche vne trompette, & regarde de front vne autre Déesse portant vne couronne de Laurier, & vne palme en ses mains, auec ceste inscription en table d'attente & marbre noir :

VIRTVTI REGIS INVICTISSIMI.

« Et comme vn iour le Roy estant à table luy demandoit ce qu'il vouloit signifier par cela, il luy respondit qu'il entendoit Ronsard par la premiere figure, & par la trompette la force de ses vers, & principalement de la Franciade qui pousseroit son nom & celuy de la France par tous les quartiers de l'Vniuers. »

Le poète, dans le *Discours* où il remercie son ami, nous dit à peu près la même chose, mais d'une manière plus claire, et sans faire intervenir directement la *Franciade*. Le morceau contient en outre une curieuse appréciation de Henri II sur Ronsard, ce qui nous engage à le reproduire en entier (V, 178) :

Il me souuient vn iour que ce Prince à la table
Parlant de ta vertu comme chose admirable,
Disoit que tu auois de toy-mesmes appris,
Et que sur tous aussi tu emportois le pris
Comme a fait mon Ronsard, qui à la Poësie
Maugré tous ses parens a mis sa fantaisie.
Et pour cela tu fis engrauer sur le haut
Du Louure, vne Déesse, à qui iamais ne faut
Le vent à ioüe enflée au creux d'vne trompete,
Et la monstras au Roy, disant qu'elle estoit faite
Expres pour figurer la force de mes vers,
Qui comme vent portoyent son nom par l'Vniuers.

Si Ronsard était ami de Pierre Lescot, il était au contraire fort mal avec Philibert Delorme.

Parlant, dans son *Discours contre fortune* (V, 153), de la libéralité de François Ier envers les poètes, il s'exprime ainsi :

... ſans le pourchaſſer venoit le benefice
A celuy qui faiſoit à la Muſe ſeruice.
Maintenant ie ne ſuis ny vaneur, ny maçon
Pour acquerir du bien par ſi baſſe façon :
Et ſi ay fait ſeruice autant à ma contrée
Qu'vne vile truelle à trois croſſes tymbrée.

Marcassus dit assez timidement à l'occasion de ce passage (V, 457) : « Ie croy qu'il parle d'vn certain Architecte à qui le Roy auoit donné vne Abbaye, » mais Binet est beaucoup plus formel, et rapporte à l'occasion des dissentiments de Ronsard et de Philibert Delorme, une anecdote qui nous montre le poète se livrant à une de ces plaisanteries érudites, si goûtées à cette époque.

Parlant des diverses satires que Ronsard avait écrites, Binet (p. 1652) en cite une « qu'il appelloit la Truelle croſſée (VI, 373), blaſmant le Roy de ce que les benefices ſe donnoient à des maçons, & autres plus viles perſonnes : où particulierement il taxe vn de Lorme, Architecte des Tuilleries, qui auoit obtenu l'Abbaye de Liury, & duquel ſe trouue vn liure non impertinent de l'Architecture. Et ne ſera hors de propos de remarquer icy la mal-vueillance de ceſt Abbé, qui pour s'en venger fit vn iour fermer l'entrée des Tuilleries à Ronſard qui ſuiuoit la Royne-mere : mais Ronſard, qui eſtoit aſſez picquant & mordant quand il vouloit, à l'inſtant fit crayonner ſur la porte que le ſieur de Sarlan luy fit auſſi toſt ouurir, ces mots en lettres capitales, FORT. REVERENT. HABE. Au retour la Royne voyant ceſt eſcrit, en preſence de doctes hommes & de l'Abbé de Liury meſmes, voulut ſçauoir que c'eſtoit, & l'occaſion. Ronſard en fut l'interprete, apres que de Lorme ſe fuſt plaint que ceſt eſcrit le taxoit : car Ronſard luy dit qu'il accordoit, que par vne douce ironie il prit ceſte inſcription pour luy, la liſant en François, mais qu'elle luy conuenoit encor mieux la lifant en Latin, remarquant par icelle les premiers mots racourcis d'vn Epigramme Latin d'Aufone, qui commence, *Fortunam reuerenter habe,* le renuoyant pour apprendre à refpecter fa premiere & vile fortune, & ne fermer la porte aux Mufes. La Royne ayda Ronfard à fe venger : car elle tança aigrement l'Abbé de Liury apres quelque rifée, & dit tout haut, que les Tuilleries étaient dediées aux Mufes. »

Bien que Ronsard et ses amis aspirassent surtout à composer des œuvres de longue haleine, ils se trouvaient à chaque instant forcés de faire de ces vers de circonstance qu'ils avaient si cruellement reprochés à leurs prédécesseurs.

Après la paix de Cateau-Cambresis, les mariages d'Élisabeth, fille du roi, avec Philippe II, roi d'Espagne, et de sa sœur Marguerite avec le duc de Savoie, furent arrêtés. Ronsard composa un *Difcours* en vers adressé au duc de Savoie (III, 259), un *Chant paftoral à Madame Marguerite* (III, 418), et *XXIII infcriptions* (VI, 178) en l'honneur des plus grands personnages de la Cour. Ces inscriptions étaient destinées à une comédie qu'on devait représenter en la maison de Guise par le commandement du cardinal de Lorraine. Paris avait un air de fête, « on ne parloit, dit d'Aubigné [1], que de tournois, qui fe dreffoient en la ruë S. Anthoine, toute defpauee, conuertie en lices, ornee de theatres & arcs triomphaux. » Ce fut au début de ces réjouissances, le 29 juin, que le comte de Montgommeri blessa le roi à la tête ; celui-ci expira le 10 juillet; l'avant-veille de sa mort, le 8, le mariage de Marguerite avec le duc de Savoie avait été célébré à minuit, dans l'église Saint-Paul. « La falle des Tournelles preparee pour les dances, mafquarades & balets, feruit de chapelle ardente au corps du Prince [2]. » Quant à Ronsard, il n'en publia pas

1. *Histoire universelle*, liv. II, c. 13.
2. Ibid.

moins, quelque temps plus tard, ses vers de circonstance, si vite hors de saison; il se contenta de les accompagner d'un court avertissement, où il s'exprime ainsi : « Ami Lecteur, ie te ſupplie de croire que tout ce petit recueil eſtoit compoſé auant la mort du feu Roy. » (VI, 436).

Du Bellay, qui avait aussi rimé bon nombre d'*inſcriptions* « Sur la paix & ſur les mariages, » prévient, dans un avis du même genre (II, 464), « que la plus grand' part en eſtoit imprimee deuant le malheur & deſaſtre, » et qu'on doit les mettre « au ranc de tant de preparatifs de triomphe & reſiouiſſance, qui ſont... demourez inutiles. »

A Henri II succède François, surnommé le roi-dauphin à cause de sa qualité d'époux de Marie Stuart, reine d'Écosse.

Cette nouvelle souveraine inspirait à Ronsard un vif intérêt. Tout jeune, on s'en souvient, il avait passé deux ans à la cour de Jacques Stuart, son père, en qualité de page de Madeleine de France, première femme de celui-ci.

A la mort de ce prince, sa fille, devenue, à l'âge de sept jours, reine d'Écosse, et arrachée à grand'peine à la rage de ses ennemis par sa mère, Marie de Lorraine, seconde femme de Jacques, avait été amenée en France. A son aspect, le poète s'était senti envahir par le souvenir de ce pays d'Écosse où sa vocation s'était révélée. Aussi quand il apostrophe la Fortune, si dure envers cette princesse, on découvre, sous la banalité de cette indignation convenue, des traces d'une pitié véritable (V, 18) :

Premierement tu l'as dés la mammelle
Aſſuiettie à porter le malheur,
Lors que ſa mere atteinte de douleur,
Dans ſon giron, craignant l'armée Angloiſe,
L'alloit cachant par la terre Eſcoſſoiſe.
A peine eſtoit ſortie hors du berceau,
Que tu la mis en mer ſus vn vaiſſeau,
Abandonnant le lieu de ſa naiſſance,
Sceptre, & parens, pour demeurer en France.

Peu à peu on la vit croître en intelligence et en beauté. « Tant qu'elle a esté en France, dit Brantôme (VII, 406), elle se reseruoit tousiours deux heures du iour pour estudier & lire : aussi il n'y auoit guieres de sciences humaines qu'elle n'en discourut bien. Surtout elle aimoit la poësie & les poëtes, mais sur tous M. de Ronsard, M. du Belay, & M. de Maisonfleur, qui ont fait de belles poësies & elegies pour elle. » Il semblerait que plusieurs de ces vers dont parle Brantôme auraient dû être consacrés à célébrer l'avènement de Marie Stuart au trône de France, mais la mort tragique d'Henri II avait plongé la Cour dans la consternation; le sacre de François II, qui se fit le 18 septembre, fut célébré sans grande pompe[1], et les troubles continuels qui eurent lieu pendant ce règne si court, ne laissaient guère de place aux divertissements et à la poésie. Cependant, quand, en 1560, Ronsard adresse *au Roy François II* la *Preface* de la première édition du *Liure de Meslanges contenant six vingtz chansons, des plus rares* (VI, 463), il est bien évident que ce n'est pas seulement ce prince qu'il a en vue, mais plutôt encore la reine qui, comme le remarque Brantôme (VII, 408) : « Chantoit tres bien, accordant sa voix auec le luth, qu'elle touchoit bien iolìment de ceste belle main blanche & de ces beaux doigtz si bien façonnez, qui ne deuoient rien à ceux de l'Aurore. »

Ce ne fut guère qu'après la mort de François II, et surtout dix-huit mois plus tard, lorsqu'en août 1561 elle partit pour l'Écosse, que Ronsard célébra dignement cette reine.

Il nous peint le départ de Marie Stuart comme un deuil pour la Cour et pour les Muses (V, 4) :

Le iour que vostre voile aux Zephyrs se courba,
Et de nos yeux pleurans les vostres desroba,

1. *Journal de Brulart,* cité par le président Hénault.

Ce iour, la mesme voile emporta loin de France
Les Muses qui souloyent y faire demeurance.

Il lui adresse son livre, espérant qu'elle aura pour lui un souvenir (V, 15) :

Elle courtoise, ô liure glorieux,
Te receuant d'vn visage ioyeux,
Et te tendant la main de bonne sorte,
Te demand'ra comme Ronsard se porte,
Que c'est qu'il fait, ce qu'il dit, ce qu'il est :
Tu luy diras qu'icy tout luy desplaist,
Soul de soy-mesme...

Il ne se trompait point sur l'intérêt qu'elle lui portait, comme Marcassus nous l'apprend par une note placée en tête du premier livre des *Poëmes*, qui lui est dédié (éd. 1623, p. 1171) : « Ceste Princesse cherissoit grandement nostre Poëte, & l'estimoit comme elle le tesmoigna bien par le buffet de vaisselle d'argent, de la valeur de deux mil escus, qu'elle luy enuoya, auec ceste inscription : A Ronsard l'Apollon des François[1]. »

Il ne faudrait pas prendre au tragique la tristesse d'ailleurs très réelle du poète. Le jeune roi de quatorze ans qui venait de monter sur le trône, lui apportait des distractions de son goût. On sait qu'il existait entre Charles IX et lui un aimable commerce de poésie (V, 258) :

Il faisoit de mes vers & de moy telle estime,
Que souuent sa grandeur me rescriuoit en ryme,
Et ie luy respondois, m'estimant bien-heureux
De me voir assailly d'vn Roy si genereux.

A ce propos les personnes d'une demi-érudition ont volontiers à la bouche ces beaux vers attribués à Charles IX :

Tous deux egalement nous portons des Couronnes;
Mais, roy, ie les reçois, & Poëte, tu les donnes.

1. Suivant Binet (p. 1652) ce fut en 1583, étant prisonnière, que Marie Stuart fit remettre, par le sieur de Nau, son secrétaire, ce présent à Ronsard.

Malheureusement nous sommes forcé de les détromper; jamais ce prince n'a exprimé des idées aussi libérales, dans un style aussi cornélien. C'est en pleine Fronde que ces vers ont été écrits. On les trouve pour la première fois dans une *Histoire de France*, publiée par un certain Jean Royer. Assez mauvais poète, il se piquait cependant d'écrire des tragédies, et était fort lié avec Rotrou. Peut-être celui-ci est-il pour quelque chose dans les vers en question, fort analogues à la nature de son talent (III, 542-543).

Le roi écrit d'un tout autre style, amical mais enfantin (III, 179) :

Donc ne t'amuse plus à faire ton mesnage,
Maintenant n'est plus temps de faire iardinage :
Il faut suiure ton Roy qui t'aime par-sus tous
Pour les vers qui de toy coulent braues & dous.

Parfois il laisse percer son égoïsme, et même quelque dureté (III, 181) :

... lors que ta vieillesse en comparaison ose
Regarder ma ieunesse, en vain elle propose
De se rendre pareille à mon ieune Printemps :
Car en ton froid Hyuer rien de verd n'est dedans.

La réponse du poète est empreinte d'une gravité digne (III, 182-183) :

Charles, tel que ie suis, vous serez quelque iour,

. . . .

Ie vous passe, mon Roy, de vingt & deux années[1].

. . . .

Heureux trois fois heureux, si vous auiez mon âge,
Vous seriez deliuré de l'importune rage
Des chaudes passions, dont l'homme ne vit franc
Quand son gaillard printemps luy eschauffe le sang.

1. Charles IX étant né le 27 juin 1550, Ronsard, d'après ce calcul, serait de 1528, mais il est probable qu'il se rajeunit un peu. Voyez ci-dessus p. xj.

Ces sages remarques ne faisaient pas grande impression sur le prince, qui avait la familiarité brutale et la plaisanterie un peu lourde.

Binet nous apprend (p. 1650) « qu'il difoit ordinairement en gauffant qu'il auoit peur de perdre fon Ronfard, & que le trop de biens ne le rendift pareffeux au meftier de la Mufe, & qu'vn bon Poëte ne fe deuoit non plus engraiffer que le bon cheual, & qu'il le falloit feulement entretenir, & non affouuir. »

La conformité de goûts qui unissait le roi et le poète effaçait bien vite ces petits dissentiments. Ils étaient passionnés tous deux pour la chasse et la fauconnerie. Aussi Ronsard ne dédaigne point de placer parmi les épitaphes des grands personnages de son temps, celle de *Courte, chienne du Roy Charles IX*, que le prince chérissait si fort qu'il se fit faire des gants de sa peau (V, 320) :

> *Apres que la Mort la rauit,*
> *Encore le Roy s'en feruit,*
> *Faifant conroyer fa peau forte*
> *En gans que fa Maiefté porte.*

Bientôt *Beaumont*, lévrier du roi, meurt à son tour, et le poète le fait dialoguer avec Caron et nous montre *Courte* le recevant dans les Champs Élysées (V, 325) :

> *Courte à Beaumont fift l'humble reuerence,*
> *Luy demanda des nouuelles de France :*
> *Puis font entrez deffous les bois myrtez.*

Malgré la différence des rangs, le roi et le poète échangeaient divers présents. Binet, en parlant de la prédilection de Ronsard pour Bourgueil, nous dit (p. 1665) que cet endroit lui plaisait « à caufe du deduit de la chaffe auquel il s'exerçoit volontiers, & où pour cet exercice il faifoit nourrir des chiens que le feu Roy CHARLES luy auoit donnez, enfemble vn Faucon, & vn Tiercelet d'autour. »

Le poète, qui « ſçauoit (comme il n'ignoroit rien) beaucoup de beaux ſecrets pour le iardinage, fuſt pour ſemer, planter, ou pour enter, & greffer en toutes ſortes... ſouuent en preſentoit des fruićts au Roy CHARLES IX, qui prenoit à gré ce qui venoit de luy. » Un sonnet de Ronsard nous le montre offrant des pompons, ou melons, de son jardin, au roi (II, 23).

Il ne faut pas croire que Ronsard ait été seulement pour Charles IX un compagnon de distractions et de plaisirs. Il l'accompagnait le 24 septembre 1567, dans sa dangereuse retraite de Meaux à Paris, ainsi qu'il le rappelle dans l'épitaphe du roi (V, 257) :

Ie me trouuay deux fois à ſa royale ſuite
Lors que ſes ennemis luy donnerent la fuite,
Quand il ſe penſa voir par trahiſon ſurpris
Auant qu'il peuſt gaigner ſa cité de Paris;

du reste il ne le quittait guère (V, 258) :

Quatorze ans ce bon Prince, alegre ie ſuiuy :
(Car autant qu'il fut Roy, autant ie le ſeruy).

Ce que nous avions à dire de cette étroite liaison nous a entraîné un peu loin ; il nous faut revenir à la part que Ronsard a prise dans les guerres religieuses, sinon comme combattant, ainsi que plusieurs l'ont affirmé avec une grande vraisemblance, du moins comme poète, transporté violemment, par la force des choses, du milieu des douces fictions mythologiques dans la brutale réalité des discussions du moment.

Le massacre de Vassy, qui eut lieu le 1er mars 1562, fut le signal de la première guerre civile. Il amena un soulèvement général des protestants, et, de leur côté, les catholiques organisèrent jusque dans les moindres localités une énergique résistance. Les principaux historiens contemporains, quelle que soit leur religion, font jouer un rôle à Ronsard dans cette prise d'armes : « Prefque par toutes les parties de France, dit d'Aubigné[1], les Curez ayant eu charge d'exhorter à prendre les armes : tout ce qui en eftoit capable s'enrolla par les villes, bourgades & villages. L'Anjou ayant commencé comme nous avons dit, le Vandofmois fit fes legionnaires, aufquels commanda pour un temps Ronfard gentilhomme de courage, & à qui les vers n'avoyent pas ofté l'ufage de l'efpee. »

Voici maintenant le récit du Président de Thou[2] : « La Noblesse touchée de ces maux, prit les armes pour en arrêter le cours, et choisit Pierre Ronsard pour les commander. Ce genie sublime charmé des agrémens, des commoditez, et des délices qu'il trouva dans ce lieu, avoit accepté la cure d'Évailles. Ce n'étoit pas un de ces Ecclésiastiques qui regardent le sacerdoce et les fonctions pastorales, comme un engagement à la vie sérieuse, ou comme un frein à la liberté et à la licence que les Poëtes se donnent... Comme les amusemens et les plaisirs de la vie tranquille, qu'il menoit depuis quelque tems, ne lui avoient pas fait perdre ses anciennes inclinations, l'occasion qui se présentoit réveilla celle qu'il avoit pour les armes. Ainsi Ronsard qui ne pouvoit plus souffrir l'insolence de ceux qui alloient impunément piller les Temples, forma une troupe de jeunes Gentils-hommes ; il se mit à leur tête et châtia sévérement un grand nombre de ces brigands. Mais sçachant qu'il arrivoit un corps de troupes du Mans, il se retira dans son presbytére. »

Chez Théodore de Bèze[3] le ton est nécessairement différent, mais les faits rapportés demeurent les mêmes : « Ayant affemblé quelques foldats en vn village nommé d'Euaille

1. *Histoire universelle*, liv. III, c. VI.

2. *Histoire universelle... traduite sur l'édition latine de Londres.* Londres, M. DCC. XXXIV. Liv. XXX, t. IV, p. 222.

3. *Histoire ecclésiastique*, II, p. 538, éd. de 1580, Anvers.

dont il (Ronsard) eſtoit Curé, fit pluſieurs courſes auec pilleries & meurtres. »

Varillas, dont les anecdotes sont souvent suspectes, après avoir reproduit les mêmes faits d'après les historiens contemporains que nous venons de citer, ajoute[1] : « Il s'en excuſa depuis, en diſant agreablement que n'ayant pû deffendre ſes Paroiſſiens avec la Clef de Saint Pierre, que les Calviniſtes ne reſpectoient ny ne craignoient, il avoit pris l'épée de Saint Paul. »

Une grave objection existait naguère contre ces témoignages formels : le poète, disait-on, n'était pas curé d'Évaillé. Aujourd'hui des actes authentiques nous le montrent titulaire de cette cure[2] ; après cela il paraît difficile, malgré quelques contradictions dans les dates, de révoquer encore en doute une action louée par les uns, blâmée par les autres, mais qu'aucun contemporain ne s'est avisé de nier.

Du reste, que Ronsard ait ou non combattu les protestants les armes à la main, il est certain du moins qu'en cette même année 1562, il se mit à les attaquer comme poète, avec une violence sans égale, dans une série de pièces où il traite à fond les questions religieuses et politiques du moment, et dont la première est le *Diſcours des miſeres de ce temps, à la Royne mere du Roy, Catherine de Medicis* (V, 329).

Jusqu'alors les catholiques ne s'étaient pas montrés fort habiles à défendre la religion ; et les théologiens réformés, très habitués à discuter dans notre langue, l'emportaient sur leurs adversaires.

Du Perron, dont on ne saurait récuser le témoignage, nous le dit formellement dans son *Oraiſon funebre de Ronſard* (éd. 1623, p. 1672) : « Ils auoient beaucoup d'auantage ſur les

1. *Hiſtoire de Charles IX*, t. I, p. 171. Éd. de 1584.
2. L'Abbé Froger, *Ronsard ecclésiastique*, Mamers, 1882. P. 13 et 14.

Docteurs Catholiques, dont les vns s'estoient endormis tout à fait durant le long repos de l'Eglise : les autres s'estoient plus employez à entretenir le peuple à la pieté & à la deuotion, qu'à l'eloquence & aux beaux discours... Il sembloit aux ames populaires que leurs Docteurs estoient hommes barbares & ignorans, qui ne sçauoient pas seulement parler leur langue maternelle; & que tout ce qu'il y auoit d'esprits polis & iudicieux en ce Royaume, estoit de l'autre party : & sur ce prejugé on faisoit courir force liurets de Theologie par les mains du vulgaire, non seulement en prose & en oraison soluë, mais mesme en ryme & en poësie. A quoy vne infinité de gens applaudissoient pour la nouueauté du sujet : lequel ils n'auoient point encore veu traitter en tel genre d'escriture, iusques à tant que ce grand Ronsard prenant en main les armes de sa profession, c'est à dire, le papier & la plume, à fin de combatre ces nouueaux Escriuains, s'aida si à propos d'vne science prophane, comme la sienne, pour la defense de l'Eglise, & apporta si heureusement les richesses & les tresors d'Egypte en la Terre saincte, que l'on recogneut incontinent que toute l'elegance & la douceur des lettres n'estoient pas de leur costé, comme ils pretendoient. »

Rien n'est plus intéressant au point de vue littéraire que de voir Ronsard, le poète classique et mythologique par excellence, changer tout à coup de matière et de style, et traiter avec une énergique simplicité les sujets les plus cruellement présents. Après avoir signalé, sans nous y arrêter ici, l'importance de cette subite évolution, nous allons rechercher dans ces ouvrages d'un caractère si particulier la nature des doctrines religieuses et philosophiques du poète, et le récit de plusieurs circonstances de sa vie.

Déjà en 1560, dans le *Discours à G. Des-Autels,* qui porte comme complément de titre dans cette première édition : *Sur le tumulte d'Amboise* (V, 355 et 476), Ronsard proclame la supériorité de la tactique protestante et la nécessité de l'imiter (V, 355 et 358) :

Ainsi que l'ennemy par liures a seduit
Le peuple desuoyé qui faussement le suit,
Il faut en disputant par liures le confondre,
Par liures l'assaillir, par liures luy respondre.

Las! des Lutheriens la cause est tres-mauuaise,
Et la defendent bien : & par malheur fatal
La nostre est bonne & saincte, & la defendons mal.

Le *Discours des miseres de ce temps* (V, 329), la *Continuation du Discours* (V, 336), la *Remonstrance au peuple de France* (V, 366) et la *Response... aux iniures... de ie ne sçay quels Predicantereaux...* (V, 397), sont la réalisation de ce programme.

C'est dans la *Response* qu'il faut aller chercher la date du *Discours,* son occasion, le temps que Ronsard a mis à le composer. Il l'écrivit pendant le siège de Paris qui précéda la bataille de Dreux, c'est-à-dire en novembre ou décembre 1562 (V, 427) :

Or quand Paris auoit sa muraille assiegée,
Et que la guerre estoit en ses fauxbours logée,
Et que les morions & les glaiues tranchans
Reluisoyent en la ville & reluisoyent aux champs,
Voyant le laboureur tout pensif & tout morne,
L'vn trainer en pleurant sa vache par la corne,
L'autre porter au col ses enfans & son lit :
Ie m'enferme trois iours renfrongné de despit,
Et prenant le papier & l'encre de colere,
De ce temps malheureux i'escriui la misere.

Ces divers écrits nous offrent un ensemble de documents précieux, dont jusqu'ici on n'a point tiré grand parti.

Remarquons d'abord l'aveu que Ronsard fait à deux reprises d'avoir été fort tenté dans sa jeunesse d'embrasser le parti de la Réforme (V, 372, 380) :

I'ay autrefois gousté, quand i'estois ieune d'âge,
Du miel empoisonné de vostre doux breuuage :
Mais quelque bon Démon m'ayant ouy crier,
Auant que l'aualler me l'osta du gosier.

Si vous eussiez esté simples comme deuant,
Sans aller les faueurs des Princes poursuiuant :
Si vous n'eussiez parlé que d'amender l'Eglise,
Que d'oster les abus de l'auare Prestrise,
Ie vous eusse suiuy, & n'eusse pas esté
Le moindre des suiuans qui vous ont escouté.

Tout en attaquant les protestants, il convient de la légitimité de certaines de leurs plaintes, et n'est guère moins sévère pour les évêques que pour les prêcheurs de la Réforme (V, 378) :

Vous mesmes les premiers Prelats reformez vous,
Et comme vrais pasteurs faites la guerre aux loups :
Ostez l'ambition, la richesse excessiue,
Arrachez de vos cœurs la ieunesse lasciue,
Soyez sobres de table, & sobres de propos.

Il faut dire, au très grand honneur de Ronsard, qu'il ne se contentait pas de débiter ces excellentes maximes en thèse générale, mais qu'il les adressait directement à ceux à qui elles pouvaient s'appliquer, au risque de leur déplaire et de se les aliéner.

Nous ne pouvons résister au désir de rapporter ici quelques vers exquis tout remplis d'une pitié ou plutôt d'une tendresse pour les pauvres et les humbles, qui n'est point, quoiqu'on en dise, une découverte de ces dernières années (VI, 188) :

... & ie sçay bien que vous
Meritez à bon droit qu'on baise vos genoux,
Qu'on embrasse vos pieds : mais, Prince, ou ie me trompe,
Ou vous deuez fuir ceste mondaine pompe,
Et ne deuez vser de si hauts appareils
Sinon vers les plus grands qui seront vos pareils.
A ces Monstres de Court vous deuez comme maistre
Faire d'vn braue front vos grandeurs apparoistre,

Et combien vous pouuez : mais aux petits qui vont
Tremblant en vous voyant & qui n'osent le front
Hausser vers les rayons de vostre clair visage,
Vous deuez estre simple & plein de doux langage
Pour leur gaigner le cœur, imitant l'Eternel
Qui se daigna vestir d'vn habit corporel,
Et rejettant les grands où tout orgueil abonde,
Se rendit familier des plus petits du monde.

Notez que ceci est adressé à Charles, cardinal de Lorraine, frère du duc de Guise, qui, au dire de Brantôme (t. IV, p. 278) : « en sa prosperité... estoit fort insolant & aueuglé n'arregardant guieres les personnes ny n'en faisant cas. » C'est dire que si ces vers pouvaient trouver là leur application ils risquaient d'être fort mal accueillis.

Dans les rangs des réformés que Ronsard attaquait si résolument, il trouvait des amis et des protecteurs de la veille; c'est une des inévitables misères de ces temps troublés. Répandant à pleines mains l'invective, l'injure, parfois même les malédictions, il s'arrête respectueux et reconnaissant devant Odet de Coligny, cardinal de Châtillon, frère aîné de l'amiral Coligny. Odet était fort ami des lettres. Rabelais, qui lui dédie *Le quart livre* de son Pantagruel, lui dit (II, 252) : « sans vous m'estoit le cueur failly, & restoit tarie la fontaine de mes esprits animaulx. »

Il ne s'était pas montré moins bienveillant pour Ronsard, à qui il avait conseillé de fréquenter la Cour en lui faisant entrevoir une carrière ecclésiastique des plus brillantes (t. V, p. 147) :

... depuis que vostre œil daigna tant s'abaisser
Que regarder mes vers, & l'auteur caresser,
Et que vostre bonté (qui n'a point de pareille)
Promist de m'endormir sur l'vne & l'autre oreille :
Adonc l'ambition s'alluma dans mon cœur,
Credule ie conceu la Royale grandeur,
Ie conceu Euefchez, Prieurez, Abbayes.

Ce rêve devait s'évanouir de la façon la plus inattendue : le cardinal, tout en conservant la pourpre, prit femme et passa à la Réforme. Ronsard s'adresse dans ses satires, avec regret, avec vénération, à son ancien protecteur [1] :

Ie cognois vn Seigneur, las! qui les va ſuiuant,
(Duquel iuſqu'à la mort ie demourray ſeruant :)
Ie ſçay que le Soleil ne voit cà bas perſonne
Qui ait le cœur ſi bon, la nature ſi bonne,
Plus amy de vertu, & tel ie l'ay trouué,
L'ayant en mon beſoin mille fois eſprouué :
En larmes & ſouſpirs, Seigneur Dieu, ie te prie
De conſeruer ſon bien, ſon honneur & ſa vie.

Le *Diſcours* de Ronsard fut jugé, dit Binet (p. 1648) : « de tant d'efficace pour combattre les ennemis de la Religion Catholique, que le Roy & la Royne ſa mere l'en gratifierent, comme auſſi fit le Pape Pie V. qui l'en remercia par lettres expreſſes : ce qui fut cauſe que ceux de la nouuelle opinion commencerent à l'attaquer. » Antoine de Chandieu, ministre protestant, Florent Chrestien, et peut-être Jacques Grevin, ancien disciple et ami du poète, déguisés sous les pseudonymes de Zamariel, de Mont Dieu et de La Baronie, dirigèrent contre lui des répliques virulentes remplies de ces injures, banales dans leur atrocité, qu'on se prodiguait au XVIe siècle sans y attacher grande importance. Un seul de leurs reproches paraît sérieux, se reproduit à satiété, s'affiche même au titre du libelle, ils y nomment leur adversaire : *Meſſire Pierre de Ronſard, iadis Poëte, & maintenant Prebſtre* (V, 482), et ils placent en appendice : *La Metamorphoſe dudict Ronſard en Prebſtre.*

Au XVIe siècle et même jusqu'à la Révolution, la prêtrise n'avait pas des caractères aussi nets, aussi tranchés qu'aujourd'hui. Les poètes, les artistes, rétribués à l'aide de béné-

1. V, 384. Voyez aussi V, 345.

fices, prieurés, abbayes ou cures, étaient obligés en certains cas à faire office extérieur d'ecclésiastique et à en revêtir le costume; mais, tant qu'ils ne célébraient point personnellement la messe et ne recevaient pas la confession des fidèles, ils ne portaient point le titre de prêtre.

Ronsard, qui, nous l'avons vu, était curé d'Évaillé, qui plus tard prendra en tête du *Tombeau du... Roy... Charles IX*, la qualité d'*Aumosnier ordinaire de sa Majesté* (V, 471), ne songe pas un instant à nier sa participation aux offices en costume ecclésiastique (V, 415) :

D'vn surpelis ondé les espaules ie m'arme,
D'vne haumusse le bras, d'vne chape le dos,
. . . .
Ie ne perds vn moment des prieres diuines :
Dés la poincte du iour ie m'en vais à matines,
I'ay mon breuiaire au poing, ie chante quelquefois
(Mais c'est bien rarement) car i'ay mauuaise vois :
Le deuoir du seruice en rien ie n'abandonne,
Ie suis à Prime, à Sexte & à Tierce & à Nonne,
I'oy dire la grand'Messe, & auecques l'encent,
. . . .
I'honore mon Prelat des autres l'outre-passe,
Qui a pris d'Agenor son surnom & sa race.

Ce prélat est l'évêque du Mans, cardinal de Rambouillet, de la maison d'Angennes, qui, nous dit Claude Garnier, « se r'apporte au nom d'Agenor, Prince du temps de la guerre Troyenne. » Ajoutons, pour être juste, qu'il termine sa note avec une légère ironie par la réflexion suivante : « Voylà que c'est d'estre amy des Poëtes. »

Le commentateur avait conclu de tout ceci, par pure conjecture, que le poète était archidiacre du Mans. De nos jours un ecclésiastique qui s'est occupé de cet aspect de la vie de Ronsard, avec autant de compétence que de bonheur, M. l'abbé Froger, nous le montre, preuves en main, investi le 16 juin 1560 de l'archidiaconé de Château-du-Loir[1].

Malgré tous les détails que le poète nous donne sur ses occupations ecclésiastiques, il affirme, assez faiblement d'ailleurs, qu'il n'est point prêtre (V, 399) :

Or ſus, mon frere en Chriſt, tu dis que ie ſuis Preſtre :
I'atteſte l'Eternel que ie le voudrois eſtre,
Et auoir tout le chef & le dos empeſché
Deſſous la peſanteur d'vne bonne Eueſché.

Plus loin il dit encore (V. 401) :

Si tu veux confeſſer que Lou-garou tu ſois,
Hoſte melancoliq' des tombeaux & des crois,
Pour te donner plaiſir vrayment ie te confeſſe
Que ie ſuis Preſtre raz, que i'ay dit la grand' Meſſe.

C'est dans ce dernier vers que se trouve exprimé dans toute sa rigueur le nœud de la question, mais elle paraît résolue par l'acte même d'installation dans le canonicat du Mans, conféré à Pierre de Ronſart *prêtre (Magiſtrum Petrum de Ronſart presbiterum).*

« Ainsi pour conclure, dit à ce sujet M. l'abbé Froger (p. 27), à moins d'admettre que le scribe chargé d'enregistrer la prise de possession ne se soit trompé, et qu'il n'ait écrit *prêtre* là où il eût dû transcrire *clerc,* il est presque impossible de mettre en doute la prêtrise de Ronsard. »

On trouve d'ailleurs dans le *Diſcours à Odet de Colligny* (V, 227) une sorte d'aveu, assez formel. Le poète s'amuse à parcourir tous les états, toutes les conditions sociales, et nous montre comme

... la farce[2] humaine
Au plaiſir de Fortune au monde ſe demaine.

1. L'Abbé Froger. *Ronsard ecclésiastique,* Mamers, 1882. P. 21.
2. Les éditions de 1584, de 1623 et, par suite, la nôtre, portent à tort : *force.*

Puis, arrivant à parler de lui-même et de sa propre condition, il nous dit :

Dés le commencement que ie fus donné Page
Pour vser la plus part de la fleur de mon âge
Au royaume Escoffois de vagues emmuré :
Qui m'euft, en m'embarquant fur la poupe, iuré
Que changeant mon efpée aux armes bien apprife,
I'euffe pris le bonnet des Pafteurs de l'Eglife,
Ie ne l'euffe pas cru...

et plus loin il ajoute, dans l'édition de 1660 :

Or puis que homme d'eglife il faut en bonnet rond
Iouer publiquement comme les autres font...

Mais plus tard ce terme trop précis d'*homme d'église* a été remplacé par celui, beaucoup plus vague, de *Protenotaire.*

A toutes les autres accusations, Ronsard répond d'une façon précise et victorieuse. Loin de rien dissimuler, il saisit au vol l'occasion de faire connaître ses doctrines, ses opinions, sa façon d'être.

Sa *Refponfe* affecte de parti pris l'allure rigoureuse d'une réfutation en quelque sorte judiciaire, paragraphe par paragraphe ; mais la vivacité du ton, l'élévation des pensées, l'indignation et l'indulgence dédaigneuse, qui circulent tour à tour dans ce morceau, lui conservent toute sa valeur poétique (V, 410) :

Tu dis, en vomiffant defur moy ta malice,
Que i'ay fait d'vn grand Bouc à Bacchus facrifice :
Tu mens impudemment : cinquante gens de bien
Qui eftoient au banquet, diront qu'il n'en eft rien.

Nous n'avons pas à revenir ici sur ce banquet d'Arcueil en l'honneur de Jodelle, raconté tout au long par nous dans la biographie de ce poète, nous nous contentons de rappeler que sur ce point la justification de Ronsard n'a laissé de doute à personne.

Il répond ensuite aux reproches que ses adversaires lui adressent relativement à sa conduite (V, 411) :

> *Tu te plains d'autre-part que ma vie est lasciue,*
> *En delices, en ieux, en vices excessiue :*
> *Tu mens meschantement : si tu m'auois suiuy*
> *Deux mois tu sçaurois bien en quel estat ie vy.*

Ici il expose très naïvement le détail de ses occupations quotidiennes. On trouve dans ce récit le tableau, étrange pour nous, d'une vie à la fois élégante, religieuse et littéraire. A peine pouvons-nous en marquer en passant les traits principaux, mais nous en recommandons l'intéressant ensemble à tous les lecteurs curieux.

Sa journée commence par la prière, puis il se lève, s'habille, lit ou compose pendant quatre ou cinq heures; quand la fatigue le gagne il se rend à l'église. Au retour il passe une heure à deviser, dîne sobrement, dit ses grâces, et consacre le reste de la journée à une honnête récréation. Elle varie suivant le temps qu'il fait : quand l'après-dînée est plaisante, il va se promener (V, 412) :

> *... tantost parmy la plaine,*
> *Tantost en vn village, & tantost en vn bois,*
> *Et tantost par les lieux solitaires & cois.*

Pendant cette promenade il cause sans contrainte avec un ami et souvent s'endort parmi les fleurs à l'ombre d'un saule; parfois il fait quelque lecture.

Le ciel est-il triste et noir, il « cherche compagnie, » joue à la prime, saute, lutte, fait de l'escrime, plaisante avec ses amis, car ainsi qu'il le dit :

> *Ie ne loge chez moy trop de seuerité.*

Ajoutons, pour être sincère, que cette pensée était, dans la première édition, suivie de ces quatre vers qui ont disparu plus tard :

I'ayme à faire l'amour, i'ayme à parler aux femmes,
A mettre par escrit mes amoureuses flammes;
I'ayme le bal, la danse & les masques aussi,
La musique & le luth, ennemis du soucy.

Ensuite vient le coucher; alors, dit Ronsard :

... leuant les yeux
Et la bouche & le cœur vers la voute des cieux,
Ie fais mon oraison, priant la bonté haute
De vouloir pardonner doucement à ma faute.

Une chose frappe dans cette vie équilibrée, où la piété, le travail, le repos, la fantaisie, la gymnastique, la galanterie même, ont une place si bien ménagée qu'aucune occupation ne vient empiéter sur l'autre, c'est que cet ennemi prétendu de Rabelais a pratiqué précisément le genre de vie souhaité par Ponocrate pour Gargantua, et réalisé par les heureux habitants de l'abbaye de Thélème.

Cette *Response* nous fournit encore l'occasion de recueillir de la bouche même de Ronsard quelques témoignages curieux sur ses actions et sur sa personne. Nous le voyons assister, le 24 août 1561, dans la grande salle du réfectoire de Poissy, au fameux Colloque entre les catholiques et les protestants (V, 416) :

Tu dis que des Prelats la troupe docte & sainte
Au colloque à Poissy trembla toute de crainte,
Voyant les Predicans contre elle s'assembler :
Ie la vy disputer, & ne la vy trembler.

Il donne de lui-même ce portrait assez désavantageux (V, 415) :

Tu dis que ie m'engraisse à l'ombre d'vn clocher :
Predicant mon amy, ie n'ay rien que la chair,
I'ay le front renfrongné, & ma peau mal traitée
Retire à la couleur d'vne ame Acherontée.

Il déclare cependant n'avoir pas tout à fait trente-sept ans, ce qui concorde assez bien avec ce que nous avons dit (p. IX-XI) de la date de sa naissance (V, 405) :

Tu dis que ie suis vieil, encore n'ay-ie atteint
Trente & sept ans passez, & mon corps ne se pleint
D'ans ny de maladie, & en toutes les sortes
Mes nerfs sont bien tendus, & mes veines bien fortes :
Et si i'ay le teint palle & le cheueu grison,
Mes membres toutefois ne sont hors de saison.

Cette vieillesse anticipée s'était manifestée de bonne heure; il y avait longtemps déjà qu'il avait adressé cette apostrophe aux Muses (VI, 382) :

Pour auoir trop aimé vostre bande inégale,
Muses qui defiez (ce dittes vous) les temps,
I'ay les yeux tous batus, la face toute pale,
Le chef grison & chauue, & si n'ay que trente ans.

La polémique religieuse ne fut, dans la carrière poétique de Ronsard, qu'un brillant accident. Il reprit bientôt le cours de ses occupations habituelles, et fit paraître en 1565 un volume intitulé *Elegies, Mascarades & Bergerie*. Il contient une curieuse dédicace à la reine Élisabeth, que nous avons reproduite pour la première fois (VI, 446), et qui, ainsi que nous l'apprend le poète, lui a été commandée par Catherine de Médicis (VI, 418) : « Ie ne puis faire seruice plus agreable à la Royne ma maistresse que vous honorer de ce liure, qui contient en la plus grande part, les Ioustes, Tournoys, Combatz, Cartelz, & Masquarades, representées en diuers lieux par le commandement de sa Maiesté : pour ioindre & vnir dauantage, par tel artifice de plaisir, noz Princes de France qui estoient aucunement en discord. » On a souvent parlé de cette politique toute féminine de Catherine, mais il est curieux de trouver un poète, écrivant pour ainsi dire officiellement sous son nom, signaler l'emploi de cet « artifice de plaisir. » Ce fut sans doute à l'occasion de cette dédicace que la reine d'Angleterre, admirant les vers de Ronsard, « les voulut comme comparer à vn diamant d'excellente valeur qu'elle luy enuoya[1]. »

Catherine lui demanda bientôt une œuvre plus digne de lui, et dont le souvenir s'est conservé davantage. Elle regrettait l'obscurité de la première partie des *Amours* de Ronsard adressée à Cassandre, le ton libre et familier du second livre consacré à Marie, et même à deux Marie, et elle aurait souhaité que le poète se rapprochât du genre de Pétrarque, dont elle était grande admiratrice.

« Sa Majeſté, dit Binet (p. 1650), l'excita à eſcrire de pareil ſtyle, comme plus conforme à ſon âge, & à la grauité de ſon ſçauoir : Et ayant, ce luy ſembloit, par ce diſcours occaſion de voüer ſa Muſe à vn ſujeƈt d'excellent merite, il print le conſeil de la Royne pour permiſſion, ou pluſtoſt commandement de s'addreſſer en ſi bon lieu, qui eſtoit vne des filles de ſa Chambre, d'vne tres-ancienne & tres-noble maiſon en Xaintonge. »

Ronsard la célébra sous son véritable nom : Hélène de Surgères (I, 298). Elle appartenait à une famille d'origine espagnole (VI, 26), avait passé son enfance dans le Piémont (VI, 30), et faisait depuis quelques années partie de la suite de Catherine de Médicis. Son savoir et sa sagesse, plus encore que sa beauté, avaient attiré l'attention sur elle. Brantôme, chose rare, ne trouve que du bien à en dire. Il la désigne ainsi parmi les filles d'honneur qui n'ont point voulu se marier : « Mademoyſelle de Surgieres, la doƈte de la court; auſſy l'apelloyt-on la *Mynerue*[2]. »

1. BINET, p. 1652.

2. Édit. Lalanne. T. IX, p. 720. — C'est du reste Ronsard qui avait proposé de lui donner ce surnom :

Qui deuroit des François Minerue eſtre appellee. (I, 323)

Tu es sçauante, sage, & douce, & vertueuse,

lui dit Amadis Jamyn[1]. Ajoutons que toute jeune qu'elle était, elle connaissait déjà la souffrance : un capitaine des Gardes du Roy, Jacques de la Rivière, dont elle avait agréé l'hommage, était mort pendant la troisième guerre de religion. Amadis Jamyn avait adressé à ce sujet, à Hélène, ces vers touchants (*Œuures poetiques*, f. 299) :

Tes chauds soupirs ny de tes yeux la pluye
N'ont le pouuoir de tirer ton amy
Hors de la fosse où il est endormy.
Lisant souuent, comme tu fais, contemple
Mille guerriers, qui te seruent d'exemple,
Que tout perist en ce bas Uniuers.

Ronsard raconte en détail, dans ses *Sonnets pour Hélène* (I, 318), l'histoire de ce dernier amour, qui, bien qu'ayant pour point de départ une fantaisie purement littéraire de la reine, devint par la suite le plus sérieux et le plus pur qu'il eût jamais éprouvé. Sa vive affection, la tristesse de la jeune fille, leurs longs entretiens, tout revit dans ses vers, avec le mot propre, l'expression juste et sobrement poétique. Il ne s'agit que d'isoler avec soin ces récits, pleins de sincérité, des galanteries banales qui les recouvrent et les déguisent[2].

Hélène était silencieuse et se plaisait à se renfermer dans l'égoïsme de sa douleur (I, 296) :

Regarde-la marcher toute pensiue à soy,

dit Ronsard, qui peint ainsi d'un seul vers son attitude douloureuse et imposante. Bien qu'elle eût fait, dès la première

1. *Œuures poetiques*, *Meslanges*, l. V, f. 284 r°. Paris, 1575.

2. Voir, pour cet épisode de la vie de Ronsard, l'intéressant opuscule intitulé : *Le dernier amour de Ronsard. Hélène de Surgères. Étude historique*, par Pierre de Nolhac. Paris, Charavay, 1882. (Extrait de *La Nouvelle revue* du 15 septembre 1882.)

rencontre, une vive impression sur lui, il demeura trois mois sans oser lui parler des sentiments qu'elle lui inspirait. L'âge, qui d'ordinaire amène avec lui la hardiesse, intimide au contraire en pareil cas, et le poète était un peu embarrassé par ses quarante-quatre ans; mais sa grande réputation, la louange si puissante auprès des femmes, comme le dit La Fontaine, lui gagnèrent peu à peu le cœur de la jeune affligée. Elle avait, ce qui est bien surprenant à cette époque, un culte attendri pour les morts, elle se plaisait à errer dans les cimetières; et le flexible talent de Ronsard se pliait, par amour pour elle, à exprimer ces idées pourtant si éloignées des siennes. Il nous la peint ainsi visitant la tombe de Mlle de Bacqueville, une de ses plus chères amies (I, 325) :

Paſſant deſſus la tombe où Lucrece repoſe,
Tu verſas deſſus elle vne moiſſon de fleurs :
L'eſchaufant de ſouſpirs, & l'arroſant de pleurs,
Tu monſtras qu'vne mort tenoit ta vie encloſe.
. . . .
Puis que ton naturel les fantômes embraſſe,
Et que rien n'eſt de toy, s'il n'eſt mort, eſtimé,
Sans languir tant de fois, eſconduit de ta grace,
Ie veux du tout mourir pour eſtre mieux aimé.

Quand elle pouvait s'isoler un peu, elle recherchait avidement dans les œuvres du poète ce qui se rapprochait de ces sentiments, et s'en entretenait ensuite avec lui (I, 277) :

Nous promenant tous ſeuls, vous me diſtes, Maiſtreſſe,
Qu'vn chant vous deſplaiſoit, s'il eſtoit doucereux :
Que vous aimiez les plaints des triſtes amoureux,
Toute voix lamentable & pleine de triſteſſe.
Et pource (diſiez-vous) quand ie ſuis loin de preſſe,
Ie choiſis vos Sonnets qui ſont plus douloureux.

S'il voulait parler un autre langage, elle ne l'encourageait guère, et il laisse quelquefois échapper sa mauvaise humeur d'avoir péniblement monté jusque dans les combles des

Tuileries, où elle habitait, pour ne recueillir que des mépris (I, 327) :

Ie ne ferois marry si tu contois ma peine,
De conter tes degrez recontez tant de fois :
Tu loges au sommet du Palais de nos Rois :
Olympe n'auoit pas la cyme si hautaine.
Ie pers à chaque marche & le pouls & l'haleine :
I'ay la sueur au front, i'ay l'estomac penthois,
Pour ouyr vn nenny vn refus vne vois
De desdain de froideur & d'orgueil toute pleine.

Souvent, tandis que Ronsard parlait de son amour, Hélène distraite, les yeux obstinément fixés sur quelque lointaine abbaye, lui répondait en lui vantant les joies du renoncement et de la retraite (I, 278) :

Vous me distes, Maistresse, estant à la fenestre,
Regardant vers Mont-martre & les champs d'alentour :
La solitaire vie & le desert seiour
Valent mieux que la Cour, ie voudrois bien y estre.

Cette tristesse allait jusqu'à altérer sa santé (I, 307) :

Le mois d'Aoust boüillonnoit d'vne chaleur esprise,
Quand i'allay voir ma Dame assise aupres du feu :
Son habit estoit gris, duquel ie me despleu,
La voyant toute palle en vne robbe grise.
Que plaignez-vous, disoy-ie, en vne chaire assise?
Ie tremble & la chaleur reschaufer ne m'a peu,
Tout le corps me fait mal, & viure ie n'ay peu
Saine depuis six ans, tant l'ennuy me tient prise.

L'*ennui*, dans la langue du XVIe siècle, c'est ce qu'aujourd'hui nous appelons le chagrin; mais Hélène était jeune, elle était demoiselle d'honneur de Catherine de Médicis, et obligée par nécessité, par devoir même, à prendre part aux plaisirs de la Cour la plus élégante et la plus raffinée qui ait jamais existé.

Ces plaisirs qu'elle n'aurait pas cherchés la ressaisissaient violemment lorsqu'elle s'y trouvait mêlée, une sorte de réaction fiévreuse se produisait, et elle se laissait emporter au tourbillon.

Ronsard, qui aurait dû être heureux de cette diversion à sa tristesse, la lui reproche avec amertume (I, 297) :

Tandis que vous dancez & ballez à vostre aise,
Et masquez vostre face ainsi que vostre cœur,
Passionné d'amour, ie me plains en langueur,
Ores froid comme neige, ores chaud comme braise.
Le Carnaual vous plaist : ie n'ay rien qui me plaise
Sinon de souspirer contre vostre rigueur.

Gardons-nous de prendre ces plaintes trop au sérieux ; ce sont thèmes poétiques bien plus que douleurs réelles. Renouveler la matière de ses chants, trouver l'occasion de les diversifier, faire montre d'habileté, étaler des difficultés subtilement vaincues, demeure la préoccupation constante du poète. Aussi, après avoir gémi sur le goût d'Hélène pour le bal, il nous la dépeint dansant « d'artifice vn beau ballet d'amour » dans la grande salle des Tuileries (I, 319), et nous en décrit minutieusement les capricieux méandres.

Il ne se montre pas amant fort exigeant, mais il voudrait obtenir quelque chose qui pût lui rappeler, lorsqu'il est seul, l'objet de son affection (I, 274) :

Si i'auois le portrait de vostre belle face,
Las! ie demande trop! ou bien de vos cheueux,
Content de mon malheur ie serois bien heureux.

. . . .

Mais ie n'ay rien de vous que ie puisse emporter,
Qui soit cher à mes yeux pour me reconforter,
Ne qui me touche au cœur d'vne douce memoire.

Hélène, dans sa froideur, répondait à ces prières par des raisonnements du plus rigide platonisme ; et Ronsard, un peu impatienté, répliquait en termes que la jeune fille devait trouver bien grossiers (I, 274) :

Vous dites que l'Amour entretient ses accords
Par l'esprit seulement, ie ne sçaurois le croire :
Car l'esprit ne sent rien que par l'ayde du corps.

Il revient à chaque instant sur la chevelure d'Hélène, qui semble avoir été sa plus réelle beauté (VI, 30) :

Plus que mes yeux i'aime tes beaux cheueux,

Ces cheueux . . . .
Menus primes subtils qui coulent aux talons,
Entre noirs & chastains bruns deliez & longs,
. . . .
Cheueux non achetez... (I, 320).

Après avoir ainsi pétrarquisé, il tombe à des familiarités, qu'on est tenté de qualifier de naturalistes. Dans son désir d'obtenir quelques-uns de ces cheveux qu'Hélène lui refuse, il se tiendrait satisfait si, lorsqu'il assiste à sa toilette, elle lui laissait mettre de côté les démêlures ; mais il n'obtient pas même ce bonheur (VI, 30) :

... le peigne fidelle
Garde sa proye, & puis ta Damoiselle
Serre le reste, & me l'oste des doigts.

Cette fille, qu'il n'avait pas su se rendre favorable, était sa bête noire (VI, 26) :

... tu as vne laide & sotte Damoyselle.

Malgré ses rigueurs, Hélène était très sensible à la gloire que lui apportait l'amour de Ronsard ; un jour elle lui présente une couronne et le proclame son poète (I, 323) :

De Myrte & de Laurier fueille à fueille enserrez
Helene entrelassant vne belle Couronne,
M'appella par mon nom : Voyla que ie vous donne,
De moy seule, Ronsard, l'escriuain vous serez.

Chantée par lui, elle le fut par tous les poètes du temps :

> *... Ronſard adorant ta vertu non vulgaire*
> *L'a tant miſe en auant parmy tous les endrois*
> *Qu'on ne vante qu'Helene...*

dit Amadis Jamyn[1]; et, ce qui se comprend moins, et ne paraît pas fort délicat, Ronsard s'exprime de même (VI, 27) :

> *Quand au commencement i'admiray ton merite,*
> *Tu viuois à la Cour ſans loüange & ſans bruit :*
> *Maintenant vn renom par la France te ſuit.*

Soit par reconnaissance, soit par réelle sympathie, Hélène s'était enfin décidée à s'engager envers le poète à une sérieuse affection (I, 286) :

> *Deſſus l'autel d'Amour planté ſur voſtre table*
> *Me fiſtes vn ferment, ie vous le fis auſſi,*
> *Que d'vn cœur mutuel à s'aimer endurcy*
> *Noſtre amitié promiſe iroit inuiolable.*

On serait d'abord tenté de ne voir là qu'une expression figurée; il n'en est rien. Au XVIe siècle, cette mise en scène païenne n'ornait pas seulement les vers des poètes, elle prenait dans leur vie une réalité matérielle. Richelet, qui a commenté ce livre des *Amours,* fait à ce propos la note suivante : « I'ay appris du ſieur Binet que ce ſerment fut iuré ſur vne table tapiſſée de Lauriers, ſymbole d'eternité, pour remarquer la mutuelle liaiſon de leur amitié procedante de la Vertu, qui eſt immortelle. » (p. 251.)

Une fois ce pacte juré, des rapports plus fréquents s'établirent entre Hélène et Ronsard.

Souvent ils allaient en voiture ensemble et se livraient à de longs entretiens (I, 284) :

> *Coche cent fois heureux, où ma belle Maiſtreſſe*
> *Et moy nous promenons raiſonnans de l'amour.*

1. *Le ſecond volume des Œuures d'Amadis Iamin, Sonnets,* f. 83 r°. Paris, Felix le Mangnier, 1584.

Quand le poète était retenu au lit par la maladie, Hélène n'hésitait pas à l'aller voir (VI, 28) :

I'auoy dedans le lict vn teint iaunement fade,
Quand celle qui pouuoit me remettre en vigueur,
Ayant quelque pitié de ma triste langueur,
Me vint voir, guarissant mon mal de son œillade.

Elle ne marquait pas d'ailleurs une bien vive sollicitude pour celui à qui elle rendait visite (I, 311) :

I'auois esté saigné, ma Dame me vint voir
Lors que ie languissois d'vne humeur froide & lente :
Se tournant vers mon sang, comme toute riante
Me dit en se iouant, Que vostre sang est noir !

Ronsard s'efforçait-il de transformer l'affection qui existait entre eux en un sentiment plus vif, Hélène lui répondait par des considérations physiologiques fort naïvement exprimées, suivies d'un refus des plus nets (VI, 29) :

D'vne extrême froideur tout mon corps se compose,
Ie n'aime point Venus, i'abhorre telle chose,
Et les presens d'Amour me sont vne poison :
Puis ie ne le veux pas...

De telles déclarations désolaient Ronsard et lui donnaient l'envie de rompre brusquement une liaison qui ne lui causait guère que des chagrins (I, 271) :

Puis qu'elle est tout hyuer, toute la mesme glace,
Toute neige, & son cœur tout armé de glaçons,
Qui ne m'aime sinon pour auoir mes chansons,
Pourquoy suis-ie si fol que ie ne m'en delace?

Quelquefois même l'œil « haue & battu » d'Hélène, son « teint palle & desfaict, » ont fait naître en lui des soupçons odieux, qu'il n'a pas craint d'exprimer dans un sonnet, où le français prend des libertés à peine permises au latin, mais qui, par bonheur, ne figure pas dans son recueil (VI, 31-32).

L'intimité des deux amants dura sept années[1]. La pièce qui clôt les deux livres consacrés à Hélène est de mai 1574 (I, 340) :

Ie chantois ces Sonnets amoureux d'vne Helene,
En ce funeſte mois que mon Prince mourut.

Le poète y confond le chagrin que lui causent les rigueurs de sa dame et la perte de son roi, puis il conclut par un vers d'une poignante tristesse, que lui envieraient les poètes pessimistes de notre temps :

La viuante & le mort tout malheur me propoſe :
L'vne aime les regrets, & l'autre aime les pleurs :
Car l'Amour & la Mort n'eſt qu'vne meſme choſe.

A dix ans d'intervalle nous retrouverons encore une fois le nom d'Hélène de Surgères sous la plume de Ronsard ; mais alors il n'est plus question ni d'amour, ni même de poésie. Accablé de maux et de chagrins, il charge son ami Galland « de preſenter ſes humbles baiſemains à Mademoiſelle de Surgeres, & meſme de la ſupplier d'employer ſa faueur enuers le threſorier regnant pour le faire payer de quelque année de ſa penſion. » (VI, 488)

Les gens qui se plaisent aux questions insolubles se sont demandé si la « rigueur » d'Hélène, dont Ronsard se plaint encore dans le dernier sonnet du second livre, est bien réelle et si la jeune fille n'a jamais faibli devant sa tendresse et sa constance. Nous ne sommes point de ceux qui, à trois cents ans de distance, croient pouvoir décider sans appel sur de pareilles questions. Nous pencherions cependant en faveur de la vertu de Mlle de Surgères, si certaine démarche qui lui est attribuée ne semblait indiquer une conscience un peu inquiète : « Mademoiſelle de Surgeres, dit Du Perron[2],... me prioit

1. T. I, 425, note 371.
2. *Perroniana*, art. *Gournay*. Genevæ, 1667, p. 161.

chez Monſieur de Rets que ie fiſſe une Epiſtre devant les œuvres de Ronſard, pour monſtrer qu'il ne l'aymoit pas d'amour impudique. Ie luy dis au lieu de cet Epiſtre, il y faut ſeulement mettre voſtre portraict. » Nous aimons à croire que ce sont là propos d'anas, et que Du Perron n'a pas répondu avec cette brutalité; mais l'anecdote n'en constate pas moins deux choses : l'incertitude qui régnait encore après la mort de Ronsard sur la nature de sa liaison avec Mlle de Surgères, et l'exagération avec laquelle il a parlé de la beauté de sa maîtresse.

Quant à la postérité, qui se soucie peu des problèmes que les curieux se posent au sujet de la biographie des poètes, mais seulement de la partie impérissable de leurs chants, tout ce qu'elle a retenu de cette liaison, c'est l'admirable sonnet qui commence ainsi (I, 316) :

Quand vous ſerez bien vieille, au ſoir à la chandelle,
Aſſiſe aupres du feu, deuidant & filant,
Direz chantant mes vers, & vous eſmerueillant,
Ronſard me celebroit du temps que i'eſtois belle.

L'orgueil du poète y éclate avec une naïveté confiante, il y songe plus à lui qu'à sa tendresse, et par là ce petit chef-d'œuvre forme un contraste frappant avec celui, encore plus connu, que lui a inspiré Cassandre (II, 168) :

Mignonne, allons voir ſi la roſe...

et où l'on sent à un si haut degré l'élan de la passion vraie et l'ingénuité de la jeunesse.

En écoutant le doux récit que le poète nous a fait, presque jour par jour, des phases diverses de son amour durant sept années, nous avons pour un instant oublié les troubles, les ravages, les misères de toutes sortes, de ce triste temps.

Comment une vie intellectuelle si intense, raffinée parfois jusqu'à la préciosité, a-t-elle pu trouver son éclosion et son développement au milieu de catastrophes dont tous ressentaient le contre-coup? C'est un phénomène inexplicable dont Ronsard s'étonne tout le premier (I, 308) :

Au milieu de la guerre, en vn ſiecle ſans foy,
Entre mille procez, eſt-ce pas grand' folie
D'eſcrire de l'Amour?...

Aussi dit-il un peu plus loin :

Muſes ie prens mon ſac, ie feray plus heureux
En gaignant mes procez qu'en ſuiuant vos riuieres.

Le Iuge m'a trompé...

Nous ne connaissons pas le détail de ces procès, soutenus à cause des bénéfices qu'il possédait, surtout comme prieur de Saint-Côme; mais nous possédons sa requête aux maire et échevins de la ville de Tours, pour se plaindre des empiétements d'un sieur Fortin, qui prétendait user en propriétaire d'un terrain que le couvent lui avait simplement cédé par bail emphytéotique. Quand on vient de lire les vers d'amour du poète, il est assez curieux de parcourir les lettres d'affaires qu'il écrivait, comme prieur d'un couvent, au même moment et peut-être avec la même plume. Il ne manque point d'entrain en attaquant l'infortuné teinturier (VI, 482) : « Ie ne fais point de doubte qu'il ne veuille perſuader à ceux qui le voudront croire que facilement il enrichira les fauxbourgs de Tours, comme les Gobelins ceux de Saint Marceau. Quand à moy, ie n'en croy rien, pource que ie n'en voy rien & auſſi que nullement il ne donne ſa teinture & ſa peine à ſes voiſins, ains la vend bien cher, ſinon quelquefois quelque vieux deuanteau d'vne bonne femme qu'il ſera reteindre pour grand mercy. » Il s'en suivit une expertise et Fortin fut très heureux de se tirer d'affaire par une transaction[1].

1. L'Abbé Froger, *Ronsard ecclésiastique*, p. 38.

Si le poète venait à bout de ses adversaires devant les juges, il ne pouvait rien contre les incursions à main armée, et prenait le parti philosophique de s'en consoler en songeant à sa belle (I, 326) :

Voyant par les soudars ma maison saccagee,
Et mon païs couuert de Mars & de la mort,
Pensant en ta beauté tu estois mon suport.

Non content de rimer des sonnets amoureux, Ronsard, défenseur de l'orthodoxie, Ronsard, félicité par le pape pour son énergie contre les hérétiques, se distrait des misères du temps en inscrivant le nom d'Hélène sur l'écorce des arbres de son prieuré, et en lui dédiant une fontaine (I, 331) :

A fin que ton honneur coule parmy la plaine
Autant qu'il monte au Ciel engraué dans vn Pin,
Inuoquant tous les Dieux, & respandant du vin,
Ie consacre à ton nom ceste belle Fontaine.

Sans vouloir prendre cette cérémonie païenne au sérieux, on est obligé de convenir que la Fontaine d'Hélène ne figure pas uniquement dans les vers du poète : elle a une existence géographique, constatée par son scrupuleux biographe Binet, qui a soin de remarquer que Ronsard consacra à Hélène de Surgères « vne fontaine en Vendosmois, & qui encor auiourd'huy garde son nom, pour abbreuuer ceux qui veulent deuenir Poëtes. » (p. 1630.)

Ce moment est celui de sa plus haute faveur, de sa plus éclatante réputation. Le 14 novembre 1570, Charles IX demande à l'infant de Portugal de nommer le poète chevalier de l'Ordre de la Croix du Christ[1].

Quelques mois plus tard, le Cardinal Louis d'Este, chargé par le pape Pie V d'une mission auprès de Charles IX, amène avec lui le Tasse à la cour de France; ce poète de vingt-

1. Voyez *l'Appendice*, p. cxviij.

trois ans, déjà presque illustre, témoigne à Ronsard toute son admiration ; une tradition bien établie constate leur passagère mais réelle intimité. Les œuvres du Tasse prouvent l'estime qu'il faisait de Ronsard ; dans le dialogue intitulé : *Le Catanais ou des idoles* (Il Cataneo ovvero degl' idoli), il le compare au Caro, et semble donner la préférence au poète français [1], du moins quant au choix des expressions et à la sublimité des pensées.

Les érudits italiens ont trouvé dans les manuscrits du Tasse un témoignage plus direct de ses rapports avec Ronsard. C'est une sorte de pièce de comptabilité écrite, ainsi qu'il convient à un poète, au dos d'un sonnet. En voici le texte : « Lasciati in Roma al ſignor Maurizio per l'excellentiſſimo ſignor Ronſard ſcudi due [2]. » Le comte Mariano Alberti, à qui l'on doit la publication de ces manuscrits, pense qu'il y a une confusion entre cet emprunt fait à Ronsard et celui qui a fait dire à Balzac, dans ses *Entretiens* [3] : « Dans la cour des Valois, Torquato Taſſo a eu beſoin d'vn eſcu, & l'a demandé par aumoſne à vne Dame de ſa connoiſſance ; » mais n'est-il pas plus naturel de croire que le Tasse, presque toujours besogneux, « quaſi ſempre biſogno » comme le dit le comte Mariano Alberti lui-même, a contracté ces deux emprunts différents, qui ne furent probablement pas les seuls.

Le Tasse et Ronsard durent s'entretenir souvent, dans leur courte entrevue, du rêve commun qui occupait leur pensée : la composition d'un poème épique. Le poète italien, plus heureux en cela que le poète français, conduisit à bonne fin

1. A. Dupré. *Relations du Tasse avec Ronsard.* Vendôme, Lemercier, 1874. In-8°, 15 p. (Extrait du *Bulletin de la Société du Vendomois.*)

2. *Manoſcritti inediti di Torquato Taſſo.* Lucques, 1837. In-fol.

3. Elzévir, 1659. In-12, p. 171.

sa *Jérusalem,* tandis que Ronsard ne put donner qu'un échantillon de sa *Franciade.*

Nous l'avons vu solliciter d'Henri II la subvention nécessaire à l'accomplissement de son œuvre, nous le retrouvons plus pressant encore auprès de Charles IX (III, 236) :

... mon Roy, s'il vous plaist que ie face
La Franciade, œuure de long espace,
Oyez mes vœux : il seroit bien saison
Qu'eussiez esgard à mon cheueul grison,
Sur qui desia l'autonnale tempeste
A fait gresler quarante ans sur la teste.

Dès 1568 on annonçait comme très prochaine la publication du poème. Cette année-là, le médecin du cardinal de Guise adresse à Ronsard un *aduertissement*[1] dans lequel il s'exprime ainsi : « Sachant, Ronfard, que tu n'atens plus que l'heure de mettre en lumiere ta Franciade, ie t'ay bien & amiablement voulu aduertir, de ce qui eft bon, honnefte, & neceffaire à cognoiftre & à fçauoir (combien que tu fçaches toutes chofes) pour le comble & perfection de ton euure, pour la preéminence & reuanche de noftre patrie... » L'auteur de cet opuscule a surtout pour but de mettre le poète en garde contre : « Ces menfongers Alemans lefquels fans honte s'attribuent tout ce que le papier peut endurer & porter. »

La publication, même partielle, de l'ouvrage, était encore assez éloignée, mais aussitôt qu'un livre du poème était écrit il était sans doute présenté au roi, afin d'émouvoir sa libéralité. Telle a été, selon toute apparence, la destination d'un manuscrit du second livre, portant les armes de France, qui est actuellement conservé à la Bibliothèque nationale[2].

1. *Aduertissement du medecin de Monseigneur le Cardinal de Guyse, à Ronsard. Touchant sa Franciade.* A Lyon. Par Benoift Rigaud. 1568. (A la fin du 16e ft. : « A Paris ce 15. iour d'Auril. 1568. ») In-8° de 16 fts.

2. Fd S.-Germain, 1663.

Quant à l'édition originale des quatre premiers livres du poème, les seuls publiés, elle date, d'après l'achevé d'imprimer, du 13 septembre 1572 ; elle est donc à peine postérieure de quelques semaines à la Saint-Barthélemy. Cela explique en partie le peu de bruit que ce poème, si vanté et si attendu, fit après son apparition.

Ronsard semble toutefois très préoccupé de l'achèvement de son œuvre; le 11 novembre suivant, il écrit aux chanoines de Saint-Martin de Tours afin d'être autorisé à se faire remplacer dans les fonctions de semainier, qu'il devait remplir à la collégiale, de huit semaines l'une (VI, 484). La raison qu'il leur donne, c'est la nécessité de continuer la *Franciade*, dont il vient, grâce à Dieu, de voir paraître le commencement.

En tête figure une *Préface sur la Franciade touchant le poeme heroïque*, adressée *Au lecteur apprentif*, et qui n'est guère qu'une édition plus étendue et plus complète d'un *Abregé de l'art poëtique françoys*, composée en 1565 pour Alphonse Delbène (VI, 448), et au sujet duquel Pasquier a écrit une lettre à Ronsard (liv. II, VII).

La mort de Charles IX empêcha la continuation de l'œuvre, ainsi que le poète nous le dit formellement (III, 176) :

Si le roy Charles eust vescu,
I'eusse acheué ce long ouurage.

A l'avènement d'Henri III, Ronsard a grand soin de lui remettre en mémoire toutes les occasions où il a célébré les hauts faits des membres de sa famille. Les premiers vers que vous adressa votre poète, lui dit-il, étaient une ode. Vous étiez encore au berceau (III, 200),

Et faisiez tout raui, la teste sou-leuant,
Semblant, ce luy sembloit, de l'aller approuuant;

ensuite viennent d'assez fermes conseils (III, 201) :

Sire, commencez bien à vostre aduenement,
De tout acte la fin suit le commencement.
Il faut bien enfourner...

puis Ronsard offre ses services, non sans fierté, mais avec un visible découragement (III, 203) :

S'il vous plaist l'appeller, sans farder vne excuse
Il vous ira trouuer auec la mesme Muse
Dont il chanta Henry, son Charles, & aussi
Vous à present son Roy des Muses le souci :
Ou si vostre disgrace à ce coup il essaye,
Il sera cazanier comme vn vieil Morte-paye
Qui renferme sa vie en quelque vieil chasteau,
Paresseux, accrochant ses armes au rasteau,
Au païs inutile, & veincu de paresse
Pres de son vieil harnois confine sa vieillesse.

Les infirmités du poète commençaient à l'éloigner de la Cour, où il ne revenait que de temps à autre, pour ne point se laisser oublier (IV, 7) :

... ie retourne à baiser vos genous
Pour réchaufer mon sang en m'aprochant de vous,
Et aussi, mon grand Roy, pour oser satisfaire
A vos commandemens, s'il vous plaist me les faire.
Ne vous arrestez point à la vieille prison
Qui enferme mon corps, ny à mon poil grison,
A mon menton fleuri : mon corps n'est que l'escorce.
Seruez-vous de l'esprit, mon esprit est ma force.

Il va jusqu'à tracer au roi la conduite qu'il devrait tenir à son égard, et lui dicte même les paroles qu'il serait à propos qu'il prononçât (IV, 7) :

Quand i'auray cest bonneur soit de vous rencontrer
Sortant de vostre chambre, ou soit pour y entrer,
Ie vous suppli' de dire (& aussi ie l'espere)
Celuy fut eleué par les mains de mon pere,

Par mes freres nourri, & de moy bien-aimé.
Il fut l'vn des premiers qui de gloire allumé
Fit passer mon langage aux nations estranges,
Ornant ma race & moy d'honneurs & de louanges,
Et monstra le chemin encores non battu
A mes nobles François de suiure la vertu.

Dans son désir d'attirer l'attention du roi, il trace, après en avoir obtenu la permission, les portraits des personnages qui fréquentent la Cour (III, 206) :

... si ie vous puis plaire,
Il me plaist, vous plaisant, d'escrire & de desplaire.

La galerie est assez curieuse : ce sont les prélats qui ne vont pas à leurs églises, les marchands qui se veulent mêler de gouverner l'État, les hâbleurs qui prétendent avoir dépensé leur bien en faisant le voyage de Pologne pour le service du roi. A ces esquisses s'en ajoutait une autre, celle du mignon[1] :

Si quelque dameret se farde ou se desguise,
S'il porte vne putain au lieu d'vne chemise,
Atifé, gaudronné, au collet empoizé,
La cape retroussée & le cheueul frizé ;
Si plus ie voy porter ces larges verdugades,
La coiffure ebontée & ces ratepenades,
Ces cheueux empruntez d'vn page ou d'vn garson ;
Si plus des estrangers quelqu'vn suit la façon,
Qu'il craigne ma fureur...

Le portrait ne fut probablement pas du goût du roi, car il ne figure que dans la première édition[2].

1. Ces vers sont les seuls où il soit certain que Ronsard ait attaqué les jeunes efféminés de la Cour. On trouve quelques pièces manuscrites de ce genre, qui portent le nom du poète et où le roi n'est pas ménagé, mais elles paraissent indignes de Ronsard (VI, 411-414). Quant aux *Sonnets d'Estat,* que Blanchemain lui avait attribués dans son recueil d'*Œuvres inédites,* ils n'ont pas été admis par le savant éditeur dans sa publication définitive.
2. Voyez Blanchemain, VII, 306.

Dans une des pièces que nous venons de citer, Ronsard traite Henri III en poète (III, 191) :

Apollon qui l'escoute, & les Muses qui vont
Dansant autour de luy, l'inspirent de leur grace,
Soit qu'il veille tourner vne chanson d'Horace,
Soit qu'il veille chanter en accords plus parfaits
Les gestes martiaux que luy mesmes a faicts.

Il dit encore, un peu plus loin (III, 196) :

Nul poëte François des Muses seruiteur
Ne presenta iamais ouurage à sa hauteur,
Qu'il n'ait recompensé d'vn present magnifique,
Honorant le bel art que luy mesme il pratique.

Néanmoins ce roi, beaucoup plus préoccupé de philosophie et d'éloquence que de poésie, s'intéressait si peu aux vers de Ronsard, qu'il entreprit de le transformer en orateur. Nous avons vu, dans notre *Notice* sur Baïf (p. xxxv), que le roi avait complètement changé le caractère de l'Académie de musique et de poésie fondée par ce poète, et qu'il lui avait donné, en la rapprochant de sa personne, un caractère officiel. Binet nous dit (p. 1661) qu'Henri III voulant dresser l'Académie de son Palais, « fit chois des plus doctes hommes de son Royaume, pour apprendre à moindre peine les bonnes lettres par leurs rares discours, enrichis des plus belles choses qu'on peust rechercher sur vn subjet, & qu'ils deuoient faire chacun à leur tour. Du nombre desquels furent choisis des premiers auec Ronsard, le sieur de Pybrac, qui estoit autheur de ceste entreprise, & Doron Maistre des Requestes, Tyard Euesque de Chalons, Baïf, Desportes Abbé de Tyron, & le docte du Perron. » D'Aubigné faisait aussi partie de cette académie, dont il a parlé dans son *Histoire universelle*[1].

Ronsard se plia, non sans quelque peine, à la tâche nou-

1. Voyez notre *Notice biographique* sur Baïf, p. xxxv.

velle qui lui était imposée : « Quant à l'oraifon continue, dit Binet, il ne difoit pas des mieux en propos communs, ou pluftoft fe plaifoit en vne dedaigneufe nonchalance, laquelle il mettoit au compte de fa liberté. Que s'il auoit à difcourir, en prefence ou par commandement des grands auec quelque appareil, il difoit des mieux : tefmoin le docte difcours qu'il fit, fur le fubiect des vertus actiues, qui fe void encores entre les mains des curieux, & qu'il accompagna d'vne genereufe & pareille action, par le commandement & en prefence du Roy Henry III. » (p. 1664.)

Parmi les *Difcours académiques* conservés à la Bibliothèque de Copenhague, cinq traitent cette question : *Quelles vertus font les plus excellentes, les morales ou les intellectuelles.* Le premier est anonyme, le second est celui de Ronsard (VI. 466-471), le troisième et le quatrième, qui en est un complément, ont pour auteur Philippe Desportes, et le cinquième est d'Amadis Jamyn. A ces cinq discours, que nous possédons, il faut ajouter la curieuse mention de deux autres, qui nous est fournie par d'Aubigné dans une de ses lettres portant pour suscription : *A mes filles, touchant les femmes doctes de noftre fiecle.* « Je choifis, dit-il,... dans la Cour pour mettre en ce rang la Marefchale de Rez & Madame de Lignerolles... Ces deux ont fait preuve de ce qu'elles favoyent plus aux chofes qu'aux paroles, dans l'Academie qu'avoit dreffee le Roy Henry troifiefme, & me fouvient qu'un jour entre autres, le probleme eftoit fur l'excellence des vertus morales & intellectuelles ; elles furent antagoniftes, & fe firent admirer. » (t. I, p. 447.)

Sept discours au moins furent donc prononcés dans cette discussion, à moins que le premier, dont nous ne connaissons point l'auteur, ne soit d'une des deux dames dont parle d'Aubigné. Il paraît probable que ce fut cette série de morceaux qui servit à inaugurer la nouvelle Académie ; il est certain du moins, d'après le début du discours de Ronsard, qu'il parlait dans cette assemblée pour la première fois, et que c'était le roi lui-même qui avait posé la question (VI, 466) : « Encores, Sire, que ie ne me fois iamais exercé à longuement difcourir & que ma principalle vaccation a efté plus d'efcrire que de parler, fi eft ce que, obeiffant à voftre commandement, ie m'en acquiteray le mieulx que ie pourray & feray d'aultant plus digne de pardon que i'effaye vng chemin tout nouueau & que ie fais tout ce que ie puis pour vous obeir & feruir...

« Il me femble que la queftion que Voftre Maiefté nous propofa l'autre iour, nous commandant de nous en aprefter, eft à fçauoir fi les vertus moralles font plus louables, plus neceffaires & plus excellentes que les intellectuelles. »

Desportes, qui succède à Ronsard, marque encore plus nettement que lui sa répugnance pour ce genre d'exercice : « Ie defireroy quafi que les poëtes ne fuffent mis iamais en tel ieu comme eft cetuy cy auquel, Sire, vous nous mettez, & moy moins que pas vn des autres, pour la cognoiffance & iufte défiance que i'ay de mes forces[1]. »

Ronsard a encore composé pour l'Académie du Palais un discours contre l'Envie. Il ne figure pas dans le manuscrit de Copenhague, où trois feuillets blancs lui avaient été réservés, mais on le trouve à la Bibliothèque nationale, dans un volume de la collection Dupuy (VI, 471).

Il est assez probable que quand Ronsard venait prononcer ces discours dans l'Académie du Palais, il habitait encore la maison dont Colletet parle en ces termes[2] : « Dans la matu-

1. Édouard Frémy, *L'Académie des derniers Valois*. Paris, Leroux, 1887, 8°, p. 231.

2. *Pierre de Ronsard*, par Guillaume Colletet. *Œuvres inédites de Ronsard recueillies par Prosper Blanchemain*. Paris, Aubry, p. 55. — Voyez notre *Appendice*, p. cxix.

rité de ſon aage il aimoit le ſeiour de l'entrée du fauxbourg Saint-Marcel, à cauſe de la pureté de l'air de cette agreable montagne que i'appelle ſon Parnaſſe & le mien. Et certes ie marquerai touſiours d'vn eternel crayon ce iour bien heureux que la faueur du miniſtre de nos Roys me donna le moyen d'acheter vne de ces maiſons qu'il aimoit autrefois habiter en ce meſme fauxbourg, & ſans doute apres celle de Baïf qu'il aima le plus. » Mais bientôt il ne vint à Paris qu'à de très rares intervalles, et ne quittait même l'abbaye de Croixval que dans des circonstances solennelles, du genre de celle dont nous allons parler.

Le roi de Navarre, ayant recouvré sa liberté à l'arrivée d'Henri III en France, en avait profité pour quitter la Cour et faire de nouveau profession de Calvinisme. A cette nouvelle, Catherine, inquiète des progrès du parti protestant, fit faire à Monsieur, duc d'Alençon, des ouvertures de paix qu'il accueillit favorablement. Investi des duchés d'Anjou, Touraine et Berry, il résolut de faire une entrée solennelle à Tours. Pour la célébrer avec plus d'éclat, les bourgeois de la ville donnèrent à l'un d'eux, Marc Belletoise, une somme de trente-six sols tournois, afin qu'il fît le voyage de Tours à l'abbaye de Croixval et allât prier Ronsard de vouloir prendre la peine de venir « en la dicte ville pour honorer & enrichir ladicte entrée de ses epigrammes & autres inuentions. » Ce fut à cette occasion qu'il composa un sonnet que la Nymphe de la Fontaine de Beaune récita au Prince (II, 6). Elle était vêtue d'un drap de soie, qui, façon comprise, n'avait pas coûté moins de huit écus un tiers aux bourgeois de Tours. Pendant toute la durée du séjour du duc d'Alençon au Plessis, ils firent porter chaque jour à Ronsard, de Tours au prieuré de Saint-Cosme, le vin de ville en flacons et bouteilles, et firent, tant pour lui que pour d'autres seigneurs de la suite de Monsieur, l'emplette de « douze aunes de velours noir faczon de Lucques & douze aunes de taffetas noir gros grain[1]. » Après son entrée officielle à Tours, le duc d'Anjou alla gracieusement visiter le poète dans sa retraite. Celui-ci lui marqua sa reconnaissance par de nombreux sonnets. Il lui en adressa un au moment où il pénétrait dans la maison (II, 4), un autre en lui présentant du fruit (II, 6); à l'entrée du potager une « Nymphe Iardiniere » lui en récita un troisième (II, 5), enfin une « Nymphe bocagere » l'accueillit avec un quatrième sonnet, dès qu'il eut mis le pied dans le bois.

De telles distractions étaient rares, et le poète découragé, assailli par la maladie, se voyait obligé de renoncer peu à peu aux divers déplacements que ses fonctions lui imposaient. Au mois d'août 1583, il écrit aux chanoines de Saint-Martin, qui l'avaient désigné pour assister au Concile provincial, tenu d'abord à Tours et ensuite à Angers, qu'il ne pourra se rendre dans cette ville à cause d'une fièvre quotidienne et de violentes douleurs de la tête et des reins (VI, 486-487).

La maladie qui frappait si cruellement le corps de Ronsard, ne faisait que réveiller son activité d'esprit et lui inspirait l'impérieux désir de faire, avant de mourir, un complet examen de conscience littéraire, de ramener ses œuvres à une certaine unité de ton, à une concision relative, et d'en former un ensemble mieux ordonné.

Lui, qui n'avait jamais essayé de rien demander aux libraires pour la publication de ses vers, se montre exigeant pour cette édition (VI, 487) : « Il entendoit que Buon, ſon libraire, luy donnaſt ſoixante bons eſcus, pour auoir du bois, pour s'aller chauffer cet hyuer auec ſon amy Gallandius, & s'il ne le veut faire, il exhorte ſon amy d'en parler aux libraires du Palais qui en donneront ſans doubte dauantage, s'il tient bonne mine & qu'il ſçache comme il faut faire valoir le priuilege perpetuel de ſes œuures; ce qui eſt d'autant plus à remar-

1. Voyez l'*Appendice*, p. cxxj.

quer que les priuileges d'auiourd'huy ne ſont que pour quelques années & non pas perpetuels. »

L'ami chargé de cette négociation la mena à bonne fin, et, quelque temps après, Ronsard vint à Paris, où il fit un séjour assez prolongé, qui acheva de miner sa santé, ainsi que nous l'apprend Du Perron (p. 1677) : « Il demeura vn Hyuer en ceſte ville, auquel, outre les empeſchemens qu'il auoit le reſte du iour, il eſtoit contraint de veiller les ſoirs pour voir les eſpreuues, & fournir de matiere aux preſſes des Imprimeurs, qui deuorent vne grande quantité de labeur. Or eſtoit-il fort caſſé & abbatu, tant à cauſe des exercices violens qu'il auoit faits en ſa ieuneſſe, de ſauter, luitter, voltiger, monter à cheual, & autres diuers excez, que pour la grande ſubjection qu'il auoit renduë à ſa profeſſion, depuis la fleur de ſon aage iuſques au commencement de ſa vieilleſſe. »

Ce Iean-Philippe Galland, ou Gallandius, principal du collège de Boncourt, qui avait été le mandataire du poète dans toute cette affaire et lui avait donné asile pour vaquer à ce dernier travail, était le plus intime ami de Ronsard, qui l'appelait, en français, sa « ſeconde âme[1], » et en grec, μονοφιλούμενος, le seul aimé[2]. Il avait, comme il nous l'apprend[3], « acquis par le droit d'hoſpitalité la familliere accointance » du poète, qui, depuis une dizaine d'années, venait faire d'assez longs séjours au collège de Baucourt, sur l'emplacement actuel de l'École polytechnique, dans une situation alors presque champêtre, que Ronsard, si porté à tout poétiser, n'hésitait point à nommer « le Parnaſſe de Paris[4]. »

La dernière revision que Ronsard donna de ses œuvres

1. VI, p. 293.

2. *Georg. Crittonii laudatio funebris habita in exequiis Petri Ronſardi.* Lutetiæ, apud Abraham D'auuel, M. D. LXXXVI. In-4° p. 11.

3. Dédicace de l'éd. de 1623.

4. BINET, p. 1652.

forme un gros in-folio, dont l'achevé d'imprimer est du « quatriefme iour de Ianuier, 1584[1]. » C'est le texte que nous avons reproduit dans nos cinq premiers volumes, réservant le sixième pour les pièces ajoutées par Ronsard, ou qui n'avaient jamais été réunies à son recueil général[2].

La publication de Ronsard fut fort diversement jugée aussitôt qu'elle parut, « les vns approuuant les cenfures & additions qu'il y auoit faites, les autres les trouuant languiffantes, & eftimant qu'elles fe fentoient de la froideur de la vieilleffe[3]. » Ce serait là une question très longue et très difficile à trancher; nous ne l'essayerons point, nous étant appliqué à mettre sous les yeux du lecteur, qui doit en être le véritable juge, tout l'ensemble des pièces du procès; nous nous contenterons de présenter ici quelques observations générales.

D'abord, en ce qui concerne les ouvrages de commande écrits par Ronsard pour ses protecteurs, il est incontestable que dans cette édition ils sont à la fois meilleurs et plus conformes aux doctrines et à la volonté du poète. Il ne suffit pas aux princes que la louange soit excessive, il faut encore qu'elle soit prolongée; et, comme le dit Ronsard, non sans une malicieuse amertume, ils ne trouvent « iamais rien de bon, ny de bien fait, s'il n'eft de large eftenduë, & comme on dit en prouerbe, auffi grand que la Mer » (IV, 377).

On ne saurait en vouloir au poète, rendu à son indépendance par le bénéfice du temps écoulé, d'avoir abrégé ou même supprimé certaines pièces, auxquelles la complaisance avait eu plus de part que l'inspiration; on serait plutôt tenté de lui reprocher de les avoir écrites que d'en avoir

1. Pour la description de cette édition, voyez les deux feuillets de fac-similé en tête de notre tome I et la note 1, p. 371-375.

2. Quelques opuscules ont été supprimés par le poète, ou se sont trouvés égarés. Voyez l'*Appendice*, p. cxxiv.

3. Du Perron, p. 1678.

diminué l'étendue. Elles intéressent l'histoire bien plus que la littérature, et les curieux pourront les consulter soit dans les variantes, soit dans notre sixième volume[1].

Binet cherche à disculper Ronsard d'un autre grief qu'on lui reprochait assez vivement (p. 1661) : « Il a changé l'addreſſe d'aucunes pieces de ſes œuures, mais ce n'a pas eſté par legereté ou inconſtance d'amitié, mais par bonne raiſon, ainſi qu'il m'a raconté, & que nous voyons au ſonnet qui commence,

A Phœbus, Patoüillet (I, 184).

Qui s'addreſſoit premierement à Iacques Greuin Medecin, bel eſprit certes, & l'honneur de noſtre pays Beauuoiſin ; qui le meritoit bien, n'euſt eſté qu'ayant aidé à baſtir le Temple de Calomnie contre Ronſard, en haine des Diſcours des miſeres de noſtre temps, il s'en rendit indigne, & de ſon amitié de laquelle il honoroit ſon gentil eſprit. »

Nous avons vu, au début de cette *Notice,* une substitution du même genre, mais moins motivée peut-être, du nom de Paschal à celui de Belleau. Ce procédé, qui étonnait déjà les contemporains de Ronsard, nous surprend encore plus qu'eux ; il ne s'explique que par l'infatuation des poètes du XVIe siècle, qui regardaient la mention d'un contemporain, dans leurs vers, comme un brevet d'immortalité qu'ils pouvaient accorder ou retirer à leur gré.

Il était naturel que Ronsard ne plaçât point dans son recueil définitif les pièces libres qu'il avait composées dans sa jeunesse. Quelques-unes d'entre elles, admises dans l'édition de 1623, ont été reproduites par nous. Un assez grand nombre d'autres, qui lui ont été attribuées sans preuve, et

1. Voyez à l'*Appendice,* p. cxxj, une pièce de ce genre, *L'Ordre tenu à l'Entrée de Madame Elizabet,* à laquelle Ronsard a pris une part assez difficile à déterminer exactement.

qui n'étaient pas de nature à être réimprimées, ont été énumérées par Blanchemain (VI, 337-340).

L'effort que Ronsard avait fait pour mener à bonne fin l'édition de ses œuvres, épuisa ses forces et augmenta les douleurs de goutte dont il avait déjà ressenti plusieurs fois les atteintes; nous apprenons de Du Perron (p. 1678) « qu'il demeura dix mois entiers perclus & arresté dedans vn lict. »

Le dernier séjour de Ronsard chez Galland dura du mois de février 1585 au 13 juin de la même année[1]. Presque continuellement alité, il profitait des moindres intervalles que ses douleurs lui laissaient pour composer quelques vers. Son *Hymne à Mercure* date de ce moment. Il décrit ainsi ses souffrances au début de ce poème (VI, 316) :

Encore il me restoit entre tant de malheurs
Que la vieillesse apporte, entre tant de douleurs
Dont la goutte m'assaut pieds, iambes & ioincture,
De chanter, ja vieillard, les mestiers de Mercure.

Les vers suivants qui terminent presque la pièce, nous montrent Binet consolant Ronsard, et l'assistant dans les procès qui ajoutaient en ce moment d'ennuyeuses préoccupations à ses maux (VI, 320) :

BINET, *soin d'Apollon, dont la viue eloquence*
Flate mon mal d'espoir, mon procez d'asseurance,
Au lieu de tes beaux vers, du trafic de nostre art,
Des honneurs de Mercure icy ie te fay part.

Georges Critton, dans son éloge funèbre de Ronsard[2], évoque le souvenir des promenades que faisait Ronsard sous les arbres de la cour et des jardins, entouré des élèves, à qui il traduisait en français, vers pour vers, tantôt un passage d'Horace, tantôt un morceau de Virgile; mais, lors de ce

1. BINET, p. 1652.
2. *Georg. Crittonii laudatio funebris...* In-4°, ff. 10.

dernier séjour, le poète avait dû renoncer à ces douces occupations, et ce ne fut qu'avec des peines infinies qu'il parvint, le jour de Pâques, à s'avancer jusqu'à l'autel pour recevoir les sacrements, et à fléchir ses genoux endoloris.

Galland le portait de sa voiture à son lit, le soutenait quand il tombait en faiblesse, le couchait comme un enfant. Il avait soin surtout d'écarter doucement les visiteurs de marque, qui venaient en grand nombre de la Cour, du Palais, et même des nations lointaines, et dont l'affluence l'aurait importuné[1]. Au mois de juin le poète quitta Paris et « ſe fit mener à Croix-val, qui eſtoit ſa demeure ordinaire, pour eſtre vn lieu fort plaiſant, & voiſin de la foreſt de Gaſtine, & de la fontaine Bellerie, par luy tant celebrees, & pour eſtre le païs de ſa naiſſance[2]. » Ce voyage était déjà pour lui une difficile entreprise. Ne pouvant être transporté dans une voiture ordinaire, il « ſit faire vn coche[3] » dans lequel il se trouvait plus commodément installé. Son cher Galland ne voulut point le quitter et lui prodigua ses soins pendant ce douloureux trajet. Il semble avoir passé assez tranquillement le reste de l'été. Néanmoins il sentait ses forces décliner. Le vendredi 20 septembre, il mandait Jean Mirault, notaire royal à Saint-Paterne, et, en présence de quatre témoins, parmi lesquels

1. VEILLARD, ft. 32 v°.

2. BINET, p. 1653. — M. l'abbé Froger décrit ainsi l'état actuel des ruines de ce prieuré : « Au pied d'une colline que revêtent encore les arbres de « Gastine la Sainte, » sur la rive droite d'un petit ruisseau, la Cendrine, affluent du Loir, se dresse un corps de logis, seul débris du prieuré. Les anciennes ouvertures ont été murées, un enduit épais ne permet plus d'en retrouver la place : portes et fenêtres ont été ouvertes au gré des derniers propriétaires. Seuls, le toit aigu et un rempart, jadis orné de crochets sculptés dont il reste quelques spécimens, et que gardent encore à chaque base deux lions accroupis, rappellent le XVIe siècle. » (*Ronsard ecclésiastique*, p. 35).

3. BINET, p. 1652.

se trouvait Louis de Bueil, sieur de Racan, père du poète, il faisait abandon en faveur de Galland de ses trois prieurés de Saint-Gilles, de Croix-Val et de Saint-Guingalois [1].

Un mois plus tard, un appel désespéré, adressé par lui à son ami [2], nous le montre dans le plus triste état de santé, pensant bien « s'en aller avec les feuilles. » C'est l'expression dont il se sert; mais conservant une grande fermeté d'âme, il souhaite de disparaître le plus tôt possible, puisqu'il n'est sur terre qu'un fardeau inutile, *iners terræ pondus*.

« Quelques iours apres, comme la douleur luy augmentoit, & que ſes forces diminuoient, ne pouuant dormir pour l'indigeſtion, & grandes douleurs d'eſtomach, qu'il ſentoit, il enuoya querir auec vn Notaire le Curé de Ternay, pour depoſer le ſecret de ſa volonté; ouït la Meſſe en grande deuotion, & s'eſtant fait habiller premierement, receut la Chreſtienne Communion, ne voulant tant à ſon aiſe receuoir celuy qui auoit tant enduré pour nous, regrettant ſa vie paſſée, & en preuoyant vne meilleure. Ce fait, il ſe fit deueſtir & remettre au lict, diſant : Me voila au lict attendant la Mort, terme & paſſage commun d'vne meilleure vie : quand il plaira à Dieu m'appeller, ie ſuis tout preſt de partir. Il renuoya le Notaire, luy diſant qu'il n'y auoit encore rien de preſſé, & qu'il ſe portoit mieux apres auoir mis toute ſa ſiance en Dieu [3]. »

Par une triste conséquence des désordres de cette époque si troublée, il ne put pas même jouir de la tranquillité suprême dont nous entourons les mourants : des bandes protestantes revenant du siège d'Angers mettaient l'Anjou et le Vendô-

1. Voyez FROGER, p. 50, et *Saint-Guingalois de Château-du-Loir*, par l'ABBÉ CHARLES, *Revue du Maine*, t. V, p. 380.

2. T. VI, p. 489.

3. BINET, p. 1653.

mois en alarme. Le moribond dut être transporté à Montoire, dans son bénéfice de Saint-Gille, où il se trouvait un peu moins exposé qu'à Croix-Val. Ce fut là que le 30 octobre il fut rejoint par Galland. Après y avoir solennisé la fête de la Toussaint, il revint à Croix-Val, accompagné de son ami.

Les insomnies étaient son plus cruel supplice. Il essayait de tromper la longueur du temps en dictant des vers que ses amis s'empressaient de recueillir[1]. Quant aux remèdes, ils étaient tous inefficaces ; le pavot, dont il abusait, ne lui causait qu'une sorte d'abattement, qu'il décrit dans un sonnet où il porte envie aux animaux hibernants (VI, 301) :

Heureux, cent fois heureux animaux qui dormez
Demy an en voz trous, foubs la terre enfermez,
Sans manger du pauot qui tous les fens affomme :
I'en ay mangé, i'ay beu de fon iuſt oublieux
En falade, cuit, cru : & toutesfois le fomme
Ne vient par fa froideur s'affeoir deffus mes yeux.

Plus calme dans la journée, il parlait avec la lucidité des mourants des maux de tous genres qui menaçaient encore la France. Binet, son minutieux biographe, nous le dit expressément. Du Perron, plus explicite, nous rapporte les paroles adressées à ce sujet par le poète à son ami Galland ; ce discours, car c'en est un, composé d'une façon artificielle, sent son exercice de classe ; Du Perron, plus préoccupé de l'effet oratoire que de l'exactitude biographique, le place le propre jour de la mort de Ronsard, ce qui achève de le rendre invraisemblable ; néanmoins les pensées dernières, exprimées par le poète dans ses lettres, dans ses vers, et probablement aussi dans ses entretiens, y sont habilement fondues. C'est du roman, je l'accorde, mais du roman histo-

1. Binet, p. 1655.

rique et contemporain, et à défaut de la vérité tout entière, que nous ne pouvons atteindre, nous soumettons ici à la sagacité du lecteur cet intéressant morceau, à travers lequel il en saura du moins découvrir quelques parcelles :

« Comme il cognut qu'il ſe vouloit mettre en deuoir de le conſoler, mais que les pleurs & les ſouſpirs luy empeſchoient la parole, il prit le premier le propos & luy dit, Qu'il eſtoit bien-heureux de partir de ce ſiecle où il ſembloit que tout alloit en confuſion & en ruine : Que s'il y auoit quelque choſe qui l'obligeaſt à deſirer d'y demeurer plus long-temps, c'eſtoit l'affection qu'il portoit à ſes amis, entre leſquels il tenoit le premier rang; mais qu'il ſe promettoit qu'ils ne ſeroient iamais eſloignez l'vn de l'autre, & que ſi leurs corps eſtoient ſeparez, pour le moins leurs ames conuerſeroient enſemble : Quant à luy, puis que c'eſtoit le plaiſir de Dieu, il y obeiſſoit volontiers, & qu'auſſi bien ceſte vie ne luy eſtoit plus qu'vne mort continuelle : Qu'il reſſentoit que Dieu l'appelloit à vne meilleure & plus aſſeurée, qu'il en auoit diuers aduis, non ſeulement par le manquement de ſa chaleur naturelle qui defailloit tout à fait, mais auſſi par des preſages qui venoient de plus loin, & que quelques nuicts auparauant, comme tout le monde eſtoit ſorty de ſa chambre, il luy eſtoit apparu vne grande lumiere, & là deſſus luy recita ceſte hiſtoire dont mille perſonnes ont oüy parler[1]. »

Après une quinzaine de jours passés à Croix-Val, il voulut revoir son prieuré de Saint-Cosme-en-l'Ile, près de Tours. C'est Du Perron qui nous donne sur ce dernier voyage de Ronsard les détails les plus précis : « Ce Prieuré eſt ſitué en vn lieu fort plaiſant aſſis ſur la riuiere de Loire, accompagné de boccages, de prairies, & de tous les ornemens naturels qui embelliſſent la Touraine, de laquelle il eſt l'œil & les de-

1. Page 1681.

lices; ce qui le luy faifoit par deffus fes autres maifons, comme eftant la plus propre à entretenir fes Mufes & recréer la beauté de fon efprit, & d'ailleurs le premier bien Ecclefiaftique dont il auoit efté pourueu[1]. Ne conferuant donc plus autre paffion finon de s'y voir tranfporter, à fin de joüir de cefte derniere felicité d'y mourir, & fe perfuadant que fes os y reposeroient plus doucement, il fe fit mettre dans fon chariot, tout perclus & eftropié que ie vous l'ay defcrit; & s'eftant ainfi acheminé malgré les injures de l'air, trauailla tant de cefte premiere traitte, qu'il alla coucher enuiron à trois lieuës de là, & l'autre lendemain d'apres qui eftoit vn iour de Dimanche (probablement le 17 novembre), arriua finalement à S. Cofme fur les cinq heures du foir. » (p. 1680.)

Binet, dont le récit, plus succinct, concorde d'ailleurs sur tous les points essentiels avec celui-ci, dit qu'il demeura « en chemin, & pour faire fept lieuës, trois iours entiers : pendant lequel temps, il eut deux foibleffes grandes. » (p. 1655.) Après huit jours de séjour à Saint-Cosme, sentant ses forces diminuer de plus en plus, « il fit venir pour eftre confolé, l'vn des Religieux nommé Iacques Defguez, aagé de foixante & quinze ans, Aumofnier de Sainct Cofme, & iffu de noble maifon (car cefte

1. « La maison prieuriale existe encore au midi du chevet de l'église, et, malgré quelques remaniements modernes, elle n'a pas trop perdu de son caractère primitif. C'était un logis du XVe siècle, comme une partie de l'église elle-même, avec des fenêtres carrées à meneaux croisés prismatiquement; un escalier de bois conduit au premier étage, et dessert, à droite et à gauche, deux vastes pièces à poutres sculptées et à hautes cheminées. Ronsard habitait probablement la chambre à droite, accompagnée d'un large cabinet et ornée au nord d'une pittoresque galerie, ou loge en bois, soutenue en saillie sur des poutrelles obliques; du haut de ce balcon rustique on a une belle vue sur les coteaux de la Loire. » (l'ABBÉ FROGER, *Ronsard ecclésiastique*.) Voyez : *Rapport sur la recherche des restes de Ronsard au prieuré de Saint-Cosme-lès-Tours*, par l'ABBÉ CHEVALIER. *Bulletin de la Société archéologique du Vendomois*, 1870, p. 170.

Religion n'en reçoit d'autre forte) auquel, ainfi qu'il luy euft demandé de quelle refolution il vouloit mourir, il refpondit affez aigrement en cefte forte : Qui vous fait dire cela, mon bon amy ? doutez-vous de ma volonté ? ie veux mourir en la Religion Catholique comme mes ayeulx, bifayeulx, trifayeulx, & comme l'ay tefmoigné affez par mes efcrits. L'Aumofnier luy dit lors, qu'il ne l'entendoit en cefte façon, mais que ce qu'il luy en auoit dit, eftoit pour fçauoir s'il vouloit ordonner quelque chofe par forme de derniere volonté, & pour tirer de luy-mefmes cefte refolution de bien mourir, qui a grande efficace quand elle naift en nous-mefmes, fans l'attendre d'autruy. Ronfard alors luy dit, Ie defire donc que vous & vos confreres foyez tefmoins de mes dernieres actions. Alors il commença à difcourir de fa vie. » (p. 1655.) Ce difcours, très fommairement indiqué par Binet, est développé par Du Perron, qui le place, comme celui que nous avons reproduit ci-dessus, au jour même de la mort du poète. Comme il a évidemment pour fond principal les paroles qu'il a prononcées, nous avons jugé utile de le reproduire : « Lors commanda qu'on luy appellaft tous fes Religieux... aufquels quand ils furent affemblez il commença à faire cefte declaration ; Qu'il recognoiffoit qu'il auoit efté pecheur comme les autres hommes, voire beaucoup plus grand pecheur que la plus part des autres hommes : Qu'il s'eftoit laiffé deceuoir aux charme de fes fens, & ne les auoit pas reprimez & chaftiez comme il deuoit : Ce pendant, qu'il auoit toufiours tenu la foy & la religion que fes ayeulx luy auoient laiffee ; qu'il auoit toufiours embraffé la creance & l'vnion de l'Eglife Catholique ; qu'il auoit mis vn bon fondement, mais qu'il auoit bafty deffus, du foin, du bois & de la paille. Pour le regard du fondement qu'il auoit eftably, il eftoit tres-affeuré qu'il demeureroit : Quant à ce qu'il auoit edifié deffus, il efperoit en la mifericorde du Seigneur qu'il feroit confommé par le feu de fa charité & de fon amour. Pourtant les prioit-il qu'ils creuffent comme il auoit creu, mais ne vefcuffent pas comme il auoit vefcu : neantmoins qu'il n'auoit iamais entrepris ny fur la vie, ny fur les biens, ny fur l'honneur de perfonne, mais que ce n'eftoit pas dequoy fe glorifier deuant Dieu. Puis s'apperceuant qu'ils auoient le vifage tout trempé, adjoufta qu'ils ne pleuraffent point de le voir en l'extremité où il eftoit, mais pluftoft deploraffent leur condition de ce qu'ils auoient encore à languir fi long-temps apres luy. Que le Monde eftoit vne perpetuelle agitation, vne perpetuelle tourmente, vn perpetuel naufrage; que c'eftoit vne mer & vne confufion de pechez, de larmes & de douleurs, & que le feul port de toutes ces infortunes & miferes c'eftoit la Mort. Pour luy, qu'il n'emportoit aucun defir ny aucun regret de la vie, qu'il en auoit effayé toutes les fauffes & pretenduës felicitez, qu'il n'y auoit rien oublié qui luy euft peu apporter la moindre ombre de contentement, mais qu'à la fin il auoit trouué par tout l'Oracle du Sage, Vanité des vanitez. Que de la plus belle & plus loüable de toutes ces vanitez, qui eftoit la gloire & la renommée, il auoit eu autant de fujet d'en eftre raffafié que perfonne de fon fiecle, qu'il en auoit joüy & triomphé par le paffé, maintenant qu'il la laiffoit & refignoit à fa patrie, pour la recueillir & poffeder apres fa mort, & s'en alloit d'icy bas auffi content & affouuy de la gloire du Monde, comme defireux & affamé de celle de Dieu. » (p. 1681.)

Les sentiments chrétiens très sincères exprimés ici ne vont pas sans regrets; en imitant Horace, le poète n'avait su se défendre d'adapter parfois à la conduite de sa vie quelques-unes de ces pensées qu'il traduisait avec tant de charme : l'effroi de la fuite du temps, la hâte de le mettre à profit pour la volupté, en un mot, toute cette philosophie païenne résumée par lui dans ce vers de son ode la plus citée (II, 168) :

Cueillez, cueillez voftre ieuneffe.

Ce n'était pas la force, l'énergie, qu'il avait demandées aux Anciens. Son épicuréisme n'avait rien de commun avec celui de Lucrèce; et les mâles accents de Sénèque et de Lucain, qui devaient si souvent inspirer notre Corneille, n'avaient jamais tenté sa Muse. Néanmoins, sevré des plaisirs par la maladie, rassasié de gloire, il abjura de bonne foi des doctrines qui avaient régné sur son esprit bien plus que sur son cœur; et, désabusé des espérances de la vie, il aspira avec une avide sincérité à celles de l'au-delà.

Après s'être ainsi mis en règle avec Dieu, il s'occupa de faire son testament, qu'il avait ajourné, nous l'avons vu, mais pour lequel il ne croyait plus pouvoir attendre. Le dimanche 22 décembre, il partagea ses biens entre l'Église, les pauvres de Dieu, ce sont ses termes, et ses parents et serviteurs. Nous n'avons pas le texte de ce testament, mais seulement celui d'une autre disposition dernière, datée de l'après-midi du même jour, et que nous ne pouvons nous expliquer. Ronsard y déclare, devant notaire, résigner Saint-Guingalois et Croix-Val en faveur de Gatien Moreau et René Guetier, prêtres du diocèse du Mans, et Saint-Gilles de Montoire, en faveur de Pierre Mouzay, prêtre du diocèse de Tours. Il ne fait dans cet acte aucune allusion aux dispositions analogues que, deux mois auparavant, il avait prises en faveur de son ami Galland. M. l'abbé Froger n'a pu deviner non plus à quelle influence était dû ce revirement. Nous ferons remarquer seulement que les témoins de cet acte sont tous des ecclésiastiques, et que Jacques Desguez, l'aumônier de Saint-Cosme, qui avait assisté Ronsard, le signe le premier. Par bonheur, ces dispositions, qui n'étaient évidemment pas conformes aux véritables intentions du poète, n'eurent qu'un effet momentané. Ceux qu'elles avaient désignés se hâtèrent de prendre possession des bénéfices qui leur avaient été attribués; mais M. l'abbé Froger nous apprend que Galland réussit plus tard à écarter ses concurrents et à demeurer paisible possesseur de tout ce que son ami lui avait abandonné.

Le jour de Noël, il demanda au sous-prieur d'entendre sa confession, « celebrer en ſa chambre, & luy diſtribuer la Communion, qu'il receut d'vne singuliere deuotion & plus grande qu'on n'euſt attendu d'vn perſonnage nourry parmy les débauches irréligieuſes d'vne Court, diſant inceſſamment, que Dieu n'eſtoit Dieu de vengeance, ains de miſericorde, & que ceſte diuine douceur qu'il auoit entierement en l'imagination, luy aydoit fort à ſupporter ſes douleurs, leſquelles il meritoit bien & de plus grandes. » (Binet, p. 1655). Quoiqu'il eût renoncé à tout, et que sa faiblesse fût extrême, le poète survivait encore, et son incessante occupation était de dicter des vers. Enfin, s'étant senti fort mal le 27 décembre, « il commanda ſur les trois ou quatre heures qu'on luy apportaſt les Sacremens requis en telles extremitez, leſquels ayant ſainctement & deuotement receus, & ayant dit les dernieres paroles, il ſe tourna vers la paroy pour repoſer... Enuiron... vne heure apres, il ſortit de ce ſommeil, ou plutoſt de ceſt aſſoupiſſement : mais comme il ſe ſentit eſueillé, il recognut que ſon diſcours commençoit à ſe troubler, & apprehenda que les aſſiſtans n'y remarquaſſent de l'alteration, & qu'il luy arriuaſt de leur dire quelque choſe mal à propos. Pour à quoy remedier il appela ſa garde, & luy commanda qu'elle priſt garde à luy, & que quand il commenceroit à reſuer elle le pouſſaſt, & l'en aduertiſt : ayant encore ce beau ſoin au dernier acte de ſa vie, de ne vouloir pas qu'il luy eſchappaſt aucune parole indigne de l'eſprit & de la bouche du grand Ronſard. » (Du Perron, p. 1682).

« Semblable à celuy qui ſommeille, il rendit (ſon eſprit) à Dieu, ayant les mains jointes au Ciel, & qui en tombant firent cognoiſtre aux aſſiſtans le moment de ſon treſpas, qui fut ſur les deux heures de nuict, le Vendredy vingt ſeptieſme Decembre mil cinq cens quatre-vingts cinq, ayant vefcu foixante & vn an, trois mois & feize iours. » (BINET, p. 1656.)

Près de trois mois après, Desportes, réunissant à sa table plusieurs amis du poète, leur proposa de rendre à Ronsard des honneurs dignes de lui, dans la chapelle du collège de Boncourt, favorablement située pour réunir ses admirateurs. C'est ce que nous apprenons de Du Perron, qui s'exprime ainsi en dédiant à Desportes l'*oraison funèbre* qu'il prononça dans cette circonstance : « Vous la receurez, s'il vous plaift, à vos perils & fortunes... Et vous fouuiendrez, vous & ceux qui affifterent au feftin qui fe fit chez vous le Mardy dix-huictiefme de Mars, où le deffein de ces funerailles fut pris, que ie n'eu que depuis le lendemain, qui fut le Mercredy des Cendres, iufques au Lundy fuiuant qu'elle fut prononcée, pour m'y preparer. » (p. 1667.)

Binet rend compte en ces termes de l'imposante cérémonie célébrée par les amis du poète (p. 1657) : « Le fieur Galland... fit dreffer vn magnifique appareil en la Chappelle de Boncourt, là où furent celebrées & imitées fes funerailles fort folennellement le Lundi 24. de Feurier, 1586. Le feruice mis en Mufique nombrée, animé de toutes fortes d'inftrumens, fut chanté, par l'eflite de tous les enfans des Mufes, s'y eftans trouuez ceux de la Mufique du Roy, fuiuant fon commandement... Ie n'aurois iamais fait, fi ie voulois defcrire par le menu les Oraifons funebres, les Eloges & vers qui furent ce iour facrez à fa memoire, & combien de grands Seigneurs auec ce genereux Prince de Valois, accompagné du Duc de Ioyeufe, & du Reuerendiffime Cardinal fon frere, aufquels Ronfard appartenoit, honorerent cefte pompe funebre, à laquelle l'eflite de ce grand Senat de Paris daigna bien affifter, comme à vn acte public, fuiuie de la fleur des meilleurs efprits de la France.

« Apres difner le fieur Du Perron prononça l'Oraifon Funebre auec tant d'eloquence, & pour laquelle oüir l'affluence des Auditeurs fut fi grande, que Monfeigneur le Cardinal de Bourbon, & plufieurs autres Princes & Seigneurs furent contraints de s'en retourner pour n'auoir pu forcer la preffe...

« A l'iffuë de l'Oraifon fut reprefentée vne Eclogue par moy faicte, pour fermer ceft acte funebre. » La pièce dont parle ici Binet, intitulée : *Perrot. Eclogue meflée,* est adressée « A Monfeigneur le Duc de Ioyeufe, Admiral de France. »

Il y avait longtemps que Binet travaillait avec ardeur à réunir, suivant l'usage du temps, un imposant *Tombeau* poétique en l'honneur de Ronsard. Il avait songé à lui rendre cet hommage, bien avant que Desportes eût l'idée d'organiser la cérémonie funèbre du collège de Boncourt. Nous en trouvons la preuve dans la lettre suivante, écrite par lui à Sainte-Marthe, le 24 janvier 1586[1].

« A Monfieur, Monfieur de Sainčte Marthe, Treforier general de France
A Poičtiers.

« Monfieur, lamitié que jay receue de Monfieur de Ronfard & qu'il vous a departie lors qu'il viuoit, pour les vertus rares qu'il recognoiffoit en vous, m'ont incité à vous refcrire & vous prier dhonorer fa memoire de quelques vers affin de les mettre au rang de ceux que i'affemble pour fon tombeau. Ie fçay que fa memoire eft affez illuftree par fes

1. Nous devons la communication de cette lettre, demeurée jusqu'à ce jour inédite, à l'obligeance de notre confrère, M. Ludovic Lalanne. Elle se trouve à la Bibliothèque de l'Institut, manuscrits, In-fol. nº 292, ft. 39.

propres efcritz mais fi nous ne l'honorons gueres dauantage pour les vers que nous luy facrerons nous pourrions encourir vn deshonneur ne faifant pour luy ce que nous n'auons refufé pour d'autres de moindre vertu. Ie ne vous mande rien de fa mort qui eft tout affeurée au grand regret de la Mufe françoife mais ie vous puis affeurer que la plus part de fes amis, ie dy de ceux dont luy mefme il a fait cas & eftime, mont ja baillé pour fatisfaire à mon defir. Vous eftes lun de ceux quil a le plus eftimé comme il ma dit maintesfois, voila pourquoy plus affeurement jattens de voz nouuelles. Monfieur Rapin fe recommande à voz bonnes graces comme auffi je fais de bien bon cœur, priant Dieu,

« Monfieur, de vous donner autant d'heur que voz vertus en meritent. De voftre maifon à Paris ce XXIIIe Ianvier 1586.

« Voftre tres-humble feruiteur. Cl. Binet. »

Binet aurait souhaité que sa biographie de Ronsard, et le *Tombeau* qu'il avait préparé, pussent paraître à la date des obsèques célébrées au collège de Boncourt. N'ayant pu y parvenir, il publia seulement ce jour-là *Les derniers vers de Pierre de Ronfard* (t. VI, p. 297-304), précédés de l'épître suivante :

A LA NOBLE ET VERTVEVSE COMPAGNIE QVI A HONORE LES OBSEQVES DE *Monfieur de Ronfard, Prince des Poëtes François.*

« Messievrs, l'honneur que vous faites à l'heureufe memoire de feu Monfieur de Ronsard, affiftant à cet office funebre dreffé par la pieté finguliere de Monfieur Galland, fon plus fidele amy, eft vn dueil public, par lequel vous n'honorez ou regretez pas feulement vn Ronfard, comme le premier de la France, qui a ſi heureuſement enrichi le treſor de noſtre langue, & de la Poëſie : Mais par meſme moien vous honorez noſtre France meſme, & regrettez bien à propos ſes miſeres, auſquelles il n'a point deſiré de ſuruiure. Si la diligence des ouuriers l'euſt permis, le papier tant honoré du beau nom de Ronſard euſt teſmoigné ſon dueil, & accompaigné voz regretz de la noire teinture des vers des plus choiſis perſonages de notre France, que i'ay prié de ce deuoir, & des principaux points du cours de ſa vie que nous auons dreſſé, non pour illuſtrer ſa memoire dauantage, ains pour n'obſcurcir la noſtre, ſi nous faiſions autrement. Mais le temps, maiſtre de noz actions, ne l'a ſceu permettre pour ce iour. Seulement il nous a permis de vous preſenter les derniers enfans de ſa Muſe, conceus au lict de la mort, & comme naiſſans de ſon tombeau, aſçauoir les deux Epigrammes en forme d'inſcriptions, les Stances, & les quatre premiers Sonets recueillis par Monſieur Galland, lors qu'eſtant à Croix-Val tormenté cruellement de grandes douleurs, & ne pouuant dormir durant les longues nuicts d'hiuer, il le prioit d'eſcrire au matin ce qu'il auoit compoſé la nuict : Et les deux derniers Sonets eſcris ſoubs luy peu auant ſa mort (dictant, priant, & mourant tout enſemble) par vn des Religieux de ſon prieuré de Sainct Coſme lez Tours, auquel lieu s'eſtant fait, tout malade, tranſporter de ſa maiſon de Croix-Val, quelques iours au parauant, finablement deſnué de toutes ſes forces, plein de ſoy toutesſois, & d'entendement, il a rendu ſon eſprit à Dieu. Lequel ie prie,

« Meſſieurs, en recompenſe de ce dernier office vous vouloir touſiours accompaigner de ſa grace. De Paris, ce XXIIII de Feburier M. D. LXXXVI.

« Voſtre treſ-obeiſſant
« ſeruiteur C. B. »

Trois ans après ces imposants hommages rendus à la mémoire du poète, son souvenir n'était pas même consacré, dans le prieuré de Saint-Cosme, par une simple inscription, ainsi que nous le prouve le témoignage d'Estienne Pasquier (*Recherches*, liv. VII, col. 730) : « Il fut enterré à costé fenestre de l'autel, si vous entrez dedans l'Eglise, sans qu'il y ait aucune remarque de tombeau, fors une vingtaine de carreaux neufs de brique, au milieu de plusieurs autres vieux. Qui fut cause qu'un jour de Sainct Marc, l'année mil cinq cens octante neuf, oyant vespres en ce lieu, poussé de son influence, ou bien d'un juste despit de voir ce grand personnage en une sepulture si pauvre, fis sur le champ ceste... Epitaphe. »

Cette épitaphe en vers latins, pur hommage littéraire, ne changea rien à l'état de la sépulture du poète. Ce fut seulement en 1609 que Joachim de La Chétardie, conseiller-clerc au Parlement de Paris et prieur-commandataire de Saint-Cosme, voulut perpétuer dans ce monastère la mémoire de son illustre prédécesseur. Pour cela il prit dans le *Tombeau de Ronsard* (éd. de 1623, p. 1713) une épitaphe latine, composée par Jean Héroard, médecin du roi, et y ajouta un titre et une dédicace, ce qui forma l'inscription suivante :

EPITAPHIVM PETRI RONSARDI

POETARVM PRINCIPIS ET HVIVS CŒNOBII QVONDAM PRIORIS.

D. M.

CAVE, VIATOR, CAVE, SACRA HÆC HVMVS EST.
ABI, NEFASTE, QVAM CALCAS HVMVM SACRA EST.
RONSARDVS ENIM IACET HIC,
QVO ORIENTE ORIRI MVSÆ,
ET OCCIDENTE COMMORI,
AC SECVM INHVMARI VOLVERVNT.
HOC NON INVIDEANT, QVI SVNT SVPERSTITES,
NEC PAREM SORTEM SPERENT NEPOTES.

IN CVIVS PIAM MEMORIAM
IOACHIM DE LA CHETARDIE,
IN SVPREMA PARISIENSI CVRIA SENATOR
ET ILLIVS, VIGINTI POST ANNOS,
IN EODEM SACRO CŒNOBIO, SVCCESSOR
POSVIT.

Colletet, qui la reproduit dans sa *Vie de Ronsard* (BLANCHEMAIN, *Œuures inédites de Ronſard,* p. 117), ajoute : « La voicy en françois en faueur de la ſatisfaction des dames qui pourront ietter les yeux ſur cet ouurage :

« EPITAPHE DE PIERRE DE RONSARD,

PRINCE DES POETES ET AVTREFOIS PRIEVR DE CE MONASTERE.

« ARRESTE, PASSANT, ET PRENDS GARDE; CESTE TERRE EST SAINCTE. LOIN D'ICY, PROPHANE! CESTE TERRE QVE TV FOVLES AVX PIEDS EST VNE TERRE SACREE, PVISQVE RONSARD Y REPOSE. COMME LES MVSES QVI NAQVIRENT EN FRANCE AVECQVE LVY, VOULVRENT AVSSI MOVRIR ET S'ENSEVELIR AVECQVE LVY, QVE CEVX QVI LVY SVRVIRENT N'Y PORTENT POINT D'ENVIE, ET QVE CEVX QVI SONT A NAISTRE SE DONNENT BIEN DE GARDE D'ESPERER IAMAIS VN PAREIL ADVANTAGE DV CIEL.

« C'EST A LA MEMOIRE DE CE GRAND POETE QVE IOACHIM DE LA CHETARDIE, CONSEILLER AV SOVVERAIN PARLEMENT DE PARIS ET, VINGT ANS APRES, SON SVCCESSEVR EN CE MESME PRIEVRÉ, A CONSACRÉ CESTE INSCRIPTION FVNEBRE. »

M. Achille de Rochambeau nous apprend, dans *la Famille*

de Ronsard, l'histoire des diverses translations de cette épitaphe : « En 1744, par suite de la suppression du prieuré Saint-Cosme, les chanoines de Saint-Martin de Tours, dont relevait ce bénéfice, firent enlever le cénotaphe de Ronsard pour le placer dans leur salle capitulaire, où il demeura jusqu'à la démolition de leur église monumentale, ordonnée en 1793. Après différentes vicissitudes, le marbre qui conservait l'élogieuse épitaphe fut apporté à Blois et relégué dans les greniers de l'évêché, d'où il passa enfin au Musée, en 1857. » Il y figure sous le nº 765. La consécration de l'épitaphe par La Chétardie, qui était probablement inscrite sur une plaque de marbre séparée, a disparu. L'inscription est surmontée d'un buste en plâtre, qui est considéré comme un moulage de celui que La Chétardie avait placé sur le monument érigé au prieuré de Saint-Cosme.

Tout le monde connaît, quand ce ne serait que par le jugement de Boileau, l'étrange discrédit dans lequel les vers de Ronsard étaient tombés au XVIIe siècle; il était tel que Ménage n'hésite pas à dire en parlant des ouvrages du poète (*Menagiana,* III, 103) : « Ie crois qu'il feroit tres-difficile dans ce temps-ci de rencontrer une perfonne qui ofât fe vanter de les avoir & de les lire, » et que Scarron, plaidant contre son père, croit établir indubitablement son peu de raison en disant (t. II, p. 67, éd. de 1719) : « Il a menacé cent fois fon fils aîné de le desheriter, parce qu'il lui ofoit foûtenir que Malherbe faifoit mieux des vers que Ronfard. » On voit que le poète n'était plus à la mode. Il fut très longtemps avant d'y revenir. En 1827, l'Académie mettait au concours un *Tableau de la Littérature française au XVIe siècle.* Dans leurs discours sommaires et forcément superficiels, les deux lauréats, Philarète Chasles et Saint-Marc Girardin, mêlent à peine quelques timides éloges aux critiques banales adressées à Ronsard. Un troisième concurrent prend le plus long, s'attarde aux séductions de la route, ne songe plus au but à poursuivre. Ébloui par une floraison poétique dont la nouveauté augmente le charme, il oublie d'abord, et néglige ensuite volontairement la moitié de son sujet : la prose. Transfuge de l'École de médecine, il apportait dans la littérature un peu de l'indépendance et de la rigueur des méthodes scientifiques. A l'*Histoire de la Poésie du XVI*e *siècle* il consacre tout un volume, dont Ronsard est le héros; puis, comme une si exorbitante nouveauté ne pouvait se passer de preuves, Sainte-Beuve fait un choix des plus inattaquables poésies de Ronsard, et en forme un second volume, qui passe à la faveur du premier.

Le scandale fut grand, le succès ne fut pas moindre. Ronsard devint, ou, pour mieux dire, redevint le dieu du jour. Ses œuvres furent la bible de l'école romantique. Sainte-Beuve offrit à Hugo un magnifique exemplaire de l'édition de 1609. Ce fut l'album du cénacle, et ses marges se couvrirent de vers en l'honneur des hôtes de la place Royale.

La preuve la moins équivoque du succès réel et durable de Ronsard fut le retour à lui des libraires, dont il n'avait guère eu à se louer de son vivant, et à qui il reprochait (VI, 487) de « proffiter de tout, receuoir toufiours & ne donner iamais rien. »

En 1857, Jannet crut le moment venu de renouer la chaîne des éditions complètes du poëte, interrompue dès 1629, c'est-à-dire depuis plus de deux cents ans, et il en confia le soin à Prosper Blanchemain, qui se mit au travail avec une ardeur, une conviction, une foi au-dessus de tout éloge, et employa dix années à cette publication. Elle n'était pas encore achevée, quand, en 1866, Lemerre, qui s'était fait connaître en imprimant les œuvres des jeunes poëtes, aujourd'hui célèbres, du *Parnasse contemporain*, projeta de remettre en lumière, non plus seulement Ronsard, mais son école toute entière : *La Pléiade françoise*. Depuis lors cette longue publication, qui s'étendait chemin faisant au delà des prévisions premières, s'est continuée lentement, trop lentement, impatientant parfois, sans les décourager jamais, les fervents admirateurs de Ronsard, que je suis heureux de remercier ici de leur inépuisable indulgence.

CH. MARTY-LAVEAUX.

APPENDICE

I.

DOCUMENTS
relatifs à Loys de Ronſſart, père du Poëte.

I.

(Bibliothèque nationale, manuscrits français, n° 3037, f° 96.)

A MONSEIGNEVR

Monſeigneur le Grant Maiſtre.

Monsr. La ſuffiſance de Monſr le treſorier babou preſent porteur me gardera de vous faire longue epiſtre mais bien vous aduertiray de la bonne ſante & diſpoſition en quoy ſont meſſeigneurs qui ne pourroit eſtre meilleure comme amplement ſerez informe par mondict ſr le treſorier et pareillement de leur traictement & eſtat de viure.

Monſr & mademoiſelle de chauigny & les autres ſeruiteurs & ſeruantes de meſdicts ſrs ſont arriuez en ceſte ville deliberez chacun en leur endroict de bien ſoigneuſement ſeruir meſdicts ſeigneurs en attendant que autrement le Roy & madame y aient pourueu. Et cependant monſr ie feray ſeruir pour la bouche de meſdicts s^rs les officiers les plus capables et souffisans qui soient de par deça. Et pource que du demourant du faict & conduicte de la maison mondit s^r le tresorier & moy en auons tenu propos ensemble & aussi que ie luy ay baille vng memoire des officiers qui furent menez a barcellonne estans es galleres & ailleurs ie ne vous en diray dauantaige sinon que ie vous supplie mons^r treshumblement me tenir en voitre bonne grace pour humblement recommande & comme lung des anciens seruiteurs de vostre maison, & qui sest employe au seruice des Roys par lespace de quarente ans & dauantaige mons^r quil vous plaise faire entendre ausdicts s^r & dame la peine & trauail que iay soufferte pardeca pour le seruice de mesdicts s^rs en maniere que par vostre moyen elle puisse estre recongneue par cy apres et ce faisant ie vous en feray trestenu & oblige. Cy sera la fin de ma lettre. Priant nostre Seigneur mons^r quil vous donne bonne & longue vie.

De Pedrace le xve ianuier.

Dung de voz humbles et obeissant seruiteur *(sic)* cest

RONSART.

2.

(Dédicace de l'ouvrage intitulé : *Les Triumphes de la Noble & amoureuse dame. Et lart de honnestement aymer. Compose par le Trauerseur des voyes perilleuses* (Jean Bouchet). Paris, 1536, Sign. A ii v°. In-f°.)

A noble & puissant messire Loys Roussart *(sic)* cheuallier seigneur de la Possonniere et de noire terre, & maistre dostel de tresillustre prince mõseigneur le Daulphin premier enfant de France : Iehan Bouchet de Poictiers humble salut.

Recogitant nuyt & iour lexcellance
De celle amour, que par beniuolance
Auez a moy, treshardy cheuallier
Non dauiourdhuy seullement ne de hier,

Mais il y a des annees lunaires
Neuf vingt au iuſt, & quinze de ſolaires
Quant il vous pleut a Paris me appeller
Et des ſecretz aulcuns me reueller
Du tant noble art de doulce rethorique
Dont vous auez le ſcauoir & pratique,
Par le moyen dequoy ie corrigeay
Le chapelet des princes, que erigeay
A la rigueur de toute quadrature
Et du rentrer & clore en louuerture,
En tous mes vers de epiſtres leonyns
Ie entremeſlay de puis de feminins
En maſculins deux a deux, dont la taille
Reſonne fort, ſil aduient quon ni faille,
Mais peu de gens gardent celle rigueur,
Car a la faire y a peine & longueur,
Auſſi que auez ſupporte mes ouurages
Contre leſſort des veneneux langages,
Et ſoubſtenu par voſtre cler eſprit
Tout ce que iay par cy deuant eſcript
Sil eſt venu deuant vous par fortune
Sans abuſer de louange importune.
De tous ces biens aſſez memoratif
A vous mon ſeigneur comme ſuperlatif (sic)
De bien eſcripre en francoys rithme & proſe
Ne puys celler tout ce que ie compoſe
Et meſmement vng ouurage nouueau
Que trouuerez comme il me ſemble beau.

. . . .

Trouue me ſuis ou lon tenoit ſermons
Des gens de bien : qui ont paſſe les mons
Pour guerroyer & faire au roy ſeruice :
Et pour le vray iay ſceu quen exercice
Ou aultre charge, auez iceulx paſſez
Vingt et deux fois : auec dhonneur aſſez.
Premierement fuſtes a la bataille
Qui fut en mer : quon nomme la rapaille :
Puis a Nauarre : & a Daſt la comte
Ou huyt tournoys fiſtes : tout bien compte.
Sans vous ne fut ne ſans voſtre entrepriſe
Milan conquis : Alexandrie priuſe :
Et Loys Sforce emmene priſonnier :

Ou fustes faict et cree cheuallier :
Auec le Roy en voz ans fors et ieunes
Fustes aussi quant il retira Genez
Et vous mena pour Saulses assieger
Le feu seigneur de dunoys : Et ranger
Vous sceustes bien soubz royalle diuise
Quant on dompta la force de Venize :
Ou le feu Roy si bien ouurer vous veit
Que cheuallier de rechief il vous feit.
Fustes vous pas au camp saincte Brigide :
Ou le roy mist Souysses soubz sa bride :
Ouy pour certain, non sans loz meriter.
Ont pas voulu les roys vous heritier
Du noble estat des cens mansionnaires,
Que nous nommons royaux pensionnaires,
Qui sont choisiz pour estre a lentour deulx
Et les deffendre en arroys belliqueux.
Bien verrez donc si iay suiuy les termes
De ceulx qui sont aux nobles armes fermes.
Quant au blason des armes et diuis
(Dont iay parle, voyre escript mon aduis)
Vous en sceauez autant que feit onc homme,
Et en auez fait vng recueil et somme
Puys peu de temps, et vng aultre traicte
Ouquel auez tresamplement traicte
Comme on se doit es maisons des grans princes
Entretenir par regnes et prouinces,
Ce que tresbien congnoissez et sceauez
Car quarante ans y a que vous auez
Tousiours seruy la couronne de france
Tant en son eur, que infortune et souffrance.

. . . .

Et tellement que a monsieur le Daulphin
Et a monsieur Dorleans son cher frere,
Lors que en hostaige ou lieu du roy leur pere
Furent menez, deulx on vous ordonna
Maistre dostel. ce faix on vous donna
Pour vostre sens preudhommie et prudence,
Grant loyaulté, noblesse et prouidence,
Et par quatre ans six moys ou enuiron
Plus endurant que a tirer auiron
Ayant douleur auec vous pour compaigne

En cest estat les auez en espaigne
Tousiours seruiz, combien que par deux ans
A grans regretz, messieurs lesdictz enfans
Furent serrez en vne chambre close.

. . . .

Et neust este rethoricque la nymphe
Qui vous transmist par le sien paranymphe
En la prison ancre plume et papier
Dennuy et deul neussies pas peu pier
Mais vous bailla le passetemps de escripre
Et composer deux traictez que desire
Estre monstrez par bonne impression
Ce sont ces deux dont iay faict mention.

3.

EPISTRE CXXVI.

(*Epistres Familieres du Trauerseur* (Jean Bouchet). 1545. In-fol. f. lxxxii v°. — Voyez aussi les *epistres* XCVI et XCVII.)

EPISTRE de L'acteur a messire Loys Roussart (*sic*) Cheualier, maistre d'hostel de monsieur le Daulphin, & sieur de la Poissonniere respõsiue a vne petite lettre missiue q̃ ledict Roussart auoit luy mesme baillée a l'acteur en la ville de Chastelleraud ou se rencõtrerent.

O Iour heureux, heure bien fortunée
Ou le bon Dieu la grace m'a donnée
De vous auoir (monseigneur) ce iour veu,
O, que ie fuz de tresgrand heur pourueu
Quand ie receu de voz mains celle lettre
Qu'il vous plaisoit a Poictiers me transmettre
Et la lisant me tomberent des yeulx
Larmes de ioye, & souspirs gracieulx
Venoient du cueur, voire de telle sorte
Que ne sçauois de mon parler la porte
Pour humblement vous rendre les merciz
Que ie vous doy des ans a plus de six.

Premierement pour celle amytié bonne
Qu'auez monstrée a ma simple personne,
Car fustes cause, & moien principal
D'auoir du Roy mandement special
Pour receuoir ma fille ou monastere
De saincte croix pour viure en vie austere,
Ou elle auoit tresgrant deuotion,
Sans que payasse aulcune pension :
Et quelque part monsieur ou ie puisse estre
Cest' amytié vous donnez a congnoistre
En extollant mon tant debile esprit,
Et ce que i'ay redigé par escript
Pour me donner honneur par auantage
Plus que ne vault le maistre, ne l'ouurage,
Car tout le loz qui de vous vient & sort
Est creu de tous a vostre seul rapport,
Autant & plus que d'homme de ce royaulme (sic)
De vostre estat, portant la lance & heaulme.
Et la raison, c'est que voz entendez
Latin, Francois, & que tousiours tendez
A extoller la vertu sur le vice,
Et qu'a trois Roys vous auez faict seruice,
Comme a present de corps, & de conseil,
Tel qu'il n'en est de plusgrant ou pareil.
. . . .
Escript soubdain soubz mon petit cachet
Par le vostre humble obeissant Bouchet.

II.

LETTRE DE TONSURE
de Pierre de Ronsard.

(2e livre des *Infinuations eccléfiaftiques du diocèfe du Mans*, fo 28 ro. — Voyez l'ABBÉ FROGER, *Ronsard ecclésiastique*, p. 7.)

NOVERINT vniuerfi quod nos Renatus Bellayus miferatione diuina epifcopus cenomanenfis dilecto noftro Petro filio nobilis viri Ludouici de Ronffart et domicelle Iohanne de Chauldrier parrochianorum Sti Geruafij de Culturis noftre diœcefis cenomanenfis oriundo in et de legitimo matrimonio procreato fufficientifque ætatis & litterature reperto tonfuram in Domino contulimus clericalem.

Datum apud noftrum caftrum de Tholeuio predicte noftre diœcefis cenomanenfis fub figillo noftro die fexta menfis martii anno domini millefimo quingentefimo quadragefimo fecundo.

Ainfi figné : Tefta, & fellé fur queue fimple de cire rouge l'original de la prefente lettre de tonfure au dos de laquelle eft efcript : la prefente infinuation a efté prefentée et infinuée au greffe par ledit Pierre de Ronfart comparant en perfonne le XXVIII iour de nouembre l'an mil ve cinquante et quatre (1543, nouv. style).

BRYANT.

III.

LES QVATRE PREMIERS LIVRES DES ODES.

M. D. L.

Surauertissement au Lecteur.

Depvis l'acheuement de mon liure, Lecteur, i'ai entendu que nos consciencieus poëtes ont trouué mauuais de quoi ie parle (comme ils disent) mon Vandomois, écriuant ore charlit, ores nuaus, ores ullent, & plusieurs autres mots que ie confesse veritablement sentir mon terroi. Mais d'autant qu'ils n'ont point de raisons suffisantes, ie ne daigneroi gaster l'encre pour leur faire entendre leur peu de verité. T'auertissant seullement de ne suiure l'erreur de telle grasse ignorence, mais fortifié de la raison qui me fauorise, ne te laisser piper par leurs songes & vaines bourdes. Car tant s'en faut que ie refuze les vocables Picards, Angeuins, Tourangeaus, Mansseaus, lors qu'ils expriment vn mot qui defaut en nostre François, que si i'auoi parlé le naïf dialecte de Vandomois, ie ne m'estimeroi bani pour cela d'éloquence des Muses, imitateur de tous les poëtes Grecs, qui ont ordinairement écrit en leurs liures le propre langage de leurs nations, mais par sur tous Theocrit qui se vante n'auoir iamais attiré vne Muse étrangere en son païs. Μοῦσαν δ' ὀθνείαν οὔποτ' ἐφελκυσάμην. Quand à ce mot charlit, qu'ils reprennent tant, si l'on veut de bien pres regarder l'étymologie, tu le trouueras meilleur que chalit, & plus antique François, comme sentant encore le vieil age auquel nos premiers deuanciers erroient ça & la, portant leurs lis sur des chars, comme les Scythes, & ceus qui habitent vne partie de l'Afrique; encores auiourdui voit on en la plus grande part des maisons champestres les lis estre faits à roue, pour estre plus glissans, & faciles à manier. Non que tel etymologie me plaise, ou qu'il soit nécessité d'i auoir egard, ni en cestui-ci, ni aus autres : seulement i'ai bien voulu reboucher vn peu les dens de ces abboieurs par telle deriuation, affin qu'vne autrefois ils ne ſoient ſi pronts à les afiller contre celui qui ne les pourroit ouïr gronder, ſans les peliſſer par raiſons plus fortes, que celles qu'ils auroient miſes en auant pour me rechigner ou me mordre. Au ſurplus, lecteur, ie te veil bien auertir de ce verbe ie va, tu vas, il vat, en lieu de dire ie voi, tu vas, il va, lequel i'ai forgé au patron de ie ba, tu bas, il bat, car en lieu que l'vn eſtoit irregulier, tu en auras vn autre mieus forgé, & plus François, qui eſt la ſeule touche ſur laquelle tu dois examiner tes vocables ſans les faire monſtrueus, & mal ordonnez, comme iadis eſtoit ce mot hymne que i'ai refondu dedans la propre forge Françoiſe, le finiſſant par noſtre propre terminaizon inne, rimant hinne ſurdiuine, benine, dinne, outant le g ſuperflu; & ſi tu me dis qu'il eſtoit François au parauant, ie te répon que c'eſtoit vn monſtre, & géant, pour n'auoir vne ſeule terminaizon ſemblable à la ſienne, ſe finiſſant en mine, & ſi tu en treuues quelque autre, lors i'avourai ta raiſon, ce pendant ie ferai ſeruir la mienne, qu'auecq' le tens tu appreuueras, d'autant que c'eſt vne regle generalle d'aproprier ſur la terminaizon françoiſe tous les mots tirés des Italiens, Latins, & des Grecs, pour l'ornement & perfection de noſtre langue. »

IV.

LETTRES DE MARGUERITE DE FRANCE,

DUCHESSE DE SAVOIE,

en faveur de Ronsard.

I.

Au Roi.

(Bibliothèque nationale, manuscrits français, fonds Dupuy, nº 211, fº 28.)

MONSEIGNEVR encores que ie fache lonneur et bonne chere que vous faictes a monfieur de ronfard pour fes louables vertus qui font telles quil na befoing daucune recommandafion enuers vostre mageste fi est ce que layant toufiours congneu des fon ieune age et tous les fiens fort adfectionnes a vostre couronne iay bien ofe prendre la hardieffe de vous fuplier tres humblement monfeigneur luy voulloir donner quelque bonne abeye afin quil ne penfe plus a aultre chofe qua efcripre vos louanges et a perpetuer vostre nom. et me femble monfeigneur que vous deueries estimer a grand heur dauoir durant vostre regne vng tel perfonnage aupres de vous car a la verite cest le premier de nostre temps estant estime tel non feulement par la france mays par tous les lieux ou fes efcris font leuz des gens fcauans.

Monfeigneur fans lamitie que ie fcay que vous luy portes ie vous en dirois dauantage mays fachant que vous congnoiffes affes fes merites ie vous fupliray feullement encores vng coup de lauoir pour recommande et moy tres humblement a vostre bonne grace priant dieu monfeigneur vous donner autant dheur et de contantement que vous en fouhaicte

Vostre treshumble et trefobeiffante tante et fugete

MARGVERITE DE FRANCE

A la Reine-mère.

(Bibliothèque nationale, manuscrits français, n° 3182, f° 14.)

MADAME, Encores que je soye bien asseuree de la bonne congnoissance que vous auez des labeurs & merites du sr de Ronsard & que pour ses vertuz & rares qualitez il vous soit assez recommande, si ne veulx je faillir, pour le desir que jay de long temps eu de son bien et aduancement & pour lesperance quil a tousiours eue en vostre aide & faueur, de vous escripre ce mot de lettre en sa recommandation et vous supplyer Madame le vouloir tant pour lamour de moy que pour respect mesme tenir tousiours en vostre bonne grace, et le pouruecoir de quelque benefice, pour de plus en plus luy donner moyen de continuer les labeurs quil a jusques icy entreprins au proffict & honneur de toute la france. Et daultant Madame que je suis certaine que telz personnaiges estans congnuz de vous comme ledict Ronsart est ne peuuent sinon trouuer secours & aduancement en vostre endroict je ne vous en feray pour cestheure aultre plus humble priere, me remectant a la bonne volunte & faueur quil vous a tousiours pleu porter a ceulx qui vous ont este recommandez de ma part, qui mest Madame vne obligation si grande que je ne puis sinon vous en demourer toute ma vie redebuable, & sur ce point je me recommanderay treshumblement a vostre bonne grace priant dieu vous donner Madame en sante tresbonne & longue vie.

De Ryelle ce iiije iour de May.

Vostre treshumble et tresobeissante seur et subgette

MARGVERITE DE FRANCE.

V.

LETTRE DE CHARLES IX

au Cardinal Henrique.

(Archives nationales de Portugal, corpo. chron., part 2ª, ma. 248, doc. 11. — Voyez l'ABBÉ FROGER, *Ronsard ecclésiastique*, p. 70. Cette pièce avait été signalée dans les *Archives des Missions scientifiques et littéraires*, 2ᵉ série, t. V, p. 74.)

A tres excellent & tres illuſtre prince noſtre tres cher & tres amé couſin le Cardinal infant de Portugal.

TRES excellent & tres illuſtre Prince, noſtre tres cher & tres amé couſin. Ayant entendu la ſinguliere affection que notre amé & feal conſeiller aulmoſnier ordinaire, maiſtre Pierre de Ronſard, gentilhomme Vandomoye, a au ſeruice grandeur & proſperité de l'ordre de la Croix du Chriſt & pour mieux s'y employer de paruenir au rang des Cheualiers dudit ordre, nous eſcripuons preſentement à noſtre tres cher & tres amé bon frere & couſin le roi de Portugal, en faueur dudit de Ronſard, à ce que ſon bon plaiſir ſoit le y voulloir receuoir. Et ſachant combien vous pouuez pour luy en ceſt endroict, nous auons bien voulu vous prier, comme nous faiſons bien affectueuſement, voulloir moyenner au dit de Ronſard ceſte grace enuers noſtre dit bon frere, de laquelle nous ſommes aſſeurez qu'il l'en trouuera digne pour eſtre perſonnaige tres excellent en ſçauoir & qui nous a faicts de grands & ſignallés ſeruices à l'honneur de nous & de la republicque françoiſe nous eſt grandement recommandé. Vous aſſeurant que nous receurons à ſingulier plaiſir la faueur qu'il vous plaira luy impartir en noſtre conſideration & dont nous nous ſouuiendrons quand en pareil cas d'aulcune choſe nous voudrez requerir. Priant Dieu, tres excellent & tres illuſtre prince, vous auoir en ſa ſainte garde.

Eſcript à Soiſſons, le XIIIIᵉ iour de Novembre 1570.

CHARLES.

VI.

SVR LA MAISON DE L'AVTHEVR,

qui eſtoit autrefois la demeure de Ronſard, au faubourg Saint-Marcel (1638).

Ie ne voy rien icy qui ne flatte mes yeux;
Cette cour du baluſtre[1] eſt gaye & magnifique;
Ces ſuperbes lions, qui gardent ce portique,
Adouciſſent pour moy leurs regards furieux.
Ce feuillage animé d'vn vent délicieux[2]
Ioint au chant des oiſeaux ſa tremblante muſique;
Ce parterre de fleurs, par vn ſecret magique,
Semble auoir deſrobé les eſtoiles des cieux.
L'aimable promenoir de ces doubles allées[3],
Qui de profanes pas n'ont point eſté foulées,
Garde encore, ô Ronſard, les veſtiges des tiens!
Dezir ambitieux d'vne gloire infinie!
Ie trouue bien icy mes pas auec les ſiens,
Et non pas dans mes vers ſa force & ſon génie.

1. Elle a quatre piez en carré.
2. Un grand meurier dont il vendoit les meures.
3. Les allées ſont de quatre piez chaſcune.

(Ces trois notes ironiques sont de Tallemant des Réaux, qui a reproduit ce sonnet dans l'*historiette* sur Colletet. (Éd. de Monmerqué et Paulin Paris, t. VII, p. 110.) — D'après la désignation fournie par un acte de permutation entre Pierre de Ronsard et Amadis Jamyn, reproduit par M. l'abbé Froger *(Ronsard ecclésiastique,* p. 65), la demeure de Ronsard, sise sur les fossés Saint-Victor, près et hors des murs de Paris, avait un ange pour enseigne : « Acta fuerunt hec in domo dicti domini de Ronſard, ſita ſupra foſſata Sancti Victoris prope & extra muros Pariſiorum, vbi pro inſigni pendere ſolebat angelus. » M. Ad. Berty a pensé qu'elle correspondait aux n°s 33, 35, 37, 39 de la rue Neuve-Saint-Étienne-du-Mont. Voyez l'*Intermédiaire des chercheurs et curieux,* 10 mai 1865, 2e année, p. 276-279.)

VII.

ETAT DES FRAIS ET DEPENSES

pour le joyeux aduenement de Mgr le Duc d'Anjou & de Touraine.

1576.

(Extrait des *Comptes de la ville de Tours*, communiqué par M. le docteur Giraudet. — Voyez l'ABBÉ FROGER, *Ronsard ecclésiastique*, p. 67.)

A Marc Belletoiſe la ſomme de trente ſix ſols tournois pour vng voïage par luy faict expres de la dicte ville de Tours en l'abbaye de Creual pres Monthoyre, vers le ſieur de Ronſſart, le prier de vouloir bien prendre la peine venir en la dicte ville pour honorer & enrichir ladicte entrée de ſes epigrammes & autres inuentions.

Plus à luy, la ſomme de ſoixante ſols tournois pour auoir [ſaict], par chacun jour, durant le ſeiour faict par mondict S^gr au Pleſſis, porter dudict Tours au prieuré de S^t Coſme, du vin de ladicte ville en flacons & bouteilles à Mr de Ronſſart en l'honneur de la dicte ville.

Plus à Robert Lebrethon, marchand, la ſomme de vingt cinq liures tournois reuenant à huit ecus vn tiers pour marchandiſes de draps de ſoye par luy fournys & employés à la faczon des habits d'vne nymphe ſortant du bocaige & jardin du carroi de Beaune, pour prononcer à mondict S^gr le ſonnet faict à ſa louenge & honneur de ſa dicte entrée.

Plus à Pierre du Tremblay, marchand, pour achat de douze aunes de velours noir faczon de Lucques & douze aunes de taffetas noir gros grain offert tant au Sr de Ronſſart que pluſieurs autres ſeigneurs de la ſuite de Monſeigneur.

VIII.

L'ORDRE TENV A

l'Entrée de tres-haute & tres-

chrestienne Princesse Madame ELIZABET

d'Austriche Royne de France.

(4° de 26 fts et 2 fts non chiffrés dont 1 blanc. A la suite de : « *C'est l'ordre... tenu au sacre... de... Madame Elizabet d'Austriche... faict... le vingt cinquiesme iour de Mars, 1571.* A Paris, De l'Imprimerie de Denis du Pré... 1571. In-4° de 10 fts. — Au r° du 27e ft, non chiffré, de l'*Entrée* se trouve un avertissement en latin, par SIMON BOVQVET (voyez VI, 387), qui se termine ainsi : « Græci, & Latini versus, præter eos qui ex antiquis sunt excerpti, sunt AVRATI Poëtæ Regij : Gallici verò qui R. literà subnotantur, RONSARDI : quibus B. litera supponitur, dicto BOVQVET ascribendi. » Malgré cette assertion formelle, tous les vers français, ainsi que nous l'indiquons dans la réimpression suivante, ont été également signés B, sauf un qui ne l'est point du tout, sans doute par suite de la négligence de l'imprimeur. D'un autre côté Thé d. Godefroy, qui a publié cette pièce dans *Le Ceremonial françois* (Paris, Sébastien Cramoisy, M. DC. XLIX, t. I, p. 539), met cette note en marge de la première inscription française : « Ces vers & les suiuans furent faits à la priere de Messieurs de l'Hostel de Ville par les sieurs de Ronsart & Dorat François, Poetes tres-doctes & excellens ès Langues Grecque, Latine & Françoise. Ce furent de plus les mesmes qui ordonnerent pour la pluspart de toutes ces inuentions & mysteres. » Nous laissons au lecteur le soin de résoudre cette difficulté.)

(Ft 1 v°) Fut fait à la porte Sainct Denis vn auant portail à la rustique... sur le hault de l'vn des costez duquel, estoit vne figure representant Pepin Roy de France...

(Ft 2 r°) A l'autre costé estoit vne autre figure representant Charles filz de ce Pepin... Au milieu du hault de ce portrait... estoient escritz ces vers :

De la religion Pepin fut defenseur,
Des peres sainctz l'appuy : & son filz Charlemaigne
Remist la Maiesté de l'Empire en grandeur
Tenant le sceptre en main de France & d'Alemaigne.

B

(Ft 2 v°) Furent mis dans les flancs de ce portail deux tableaux... A l'vn desquelz estoit vn homme... lequel marchoit & foulloit de ses piedz grande quantité de safran fleury & camomille, qui se monstroient non seullement resister à ceste foulle, mais encore reuerdir & florir d'auantaige, comme est la nature de ces deux herbes,... au bas duquel estoit escrit,

Tant plus on foulle aux piedz la fleur
Du saffran, plus est fleurissante.
Ainsi de France la grandeur
Plus on la foulle, & plus augmente.

B

(Ft 3 r°) En l'autre estoit vn grand champ,... au milieu toutes sortes de fleurs, sur lesquelles estoit vne grande femme nüe demy courbee, aiant le visage beau & gratieux, & plusieurs mammelles à l'entour d'elle d'oú sortoit laict en abondance...

Au dessous estoit escrit,

La France riche & valureuse
Est mere si fertile en biens,
Qu'elle peult de mammelle heureuse
Nourrir l'estrangier & les siens.

(Ft 5 v°) ... venant à la Porte au Peintre estoit vn grand arc triumphal... Sur le hault duquel... estoient deux grandz Colosses... aians longues barbes, chenues, pour representer, l'vn le fleuue du Rhone... l'autre le fleuue du Danube.

(Ft 6 r°) Au dessoubz estoit vne grande table d'attente, en laquelle estoient escriptz ces vers... Latins traduitz en François... :

Comme lon veoit le Rosne, & le Danube ensemble
L'vn fleuue des Gaulois, & l'autre des Germains,
D'vn naturel accord ioindre leurs fortes mains
Quand pour tenir ce globe à l'vn l'autre s'assemble :

Ainsi tant que la paix chassant de nous la guerre
Ioindra comme iadis les Germains aux Gaulois,
Et l'vne & l'autre gent tiendra dessoubz ses loix
De deux n'estant plus qu'vn l'Empire de la terre.

B

(Ft 10 v°) ... fut mis au premier portail du pont nostre Dame vn Thoreau nageant en mer portant vne Nymphe sur sa croppe...

Au dessous estoient escritz ces vers,

Par le vieil Iupiter Europe fut rauie :
Le ieune rauira par Isabel l'Asie.
Que d'Europe, & d'Asie on taise le renom,
France Allemaigne soit de l'vniuers le nom.

B

(Ft 12 v°) Quant au parement du pont nostre Dame... fut mis vn grand nauire d'argent... apparoissoit aussi l'estoille de l'Ourse grande & petite comme guide de ce nauire...

Et au dessous... ces vers,

Puisque l'Ourse apparoist pour guider ce nauire
Et le vent Aquilon fait ses voilles enfler
Les Francois & Germains feront vn iour trembler
Tout le reste du monde, & ioindre à leur Empire.

B

Voici maintenant le détail des sommes reçues par les deux poètes à cette occasion :

« A maistre Pierre de Ronssard, aulmosnier du Roy, la somme de 270 liures tournois, à luy ordonnée par Messieurs de la ville sur les inuentions, deuises & inscriptions qu'il a faictes pour les entrées du Roy & de la Royne...

« A Maistre Iehan de Dorat, poëte du Roy, la somme de 29 liures tournois, à luy ordonnée pour auoir faict tous les carmes grecs & latins mis tant és portiques, théâtres, arcs triomphants, que colosses qui ont esté dressés, & auoir faict partie des inuentions, mesmes l'ordonnance de six figures de sucre qui furent presentées à la collation de la Royne. » (Cimber et Danjou, *Archives curieuses de l'Histoire de France,* 1re série, t. VIII, p. 369. 1836).

IX.

OUVRAGES SUPPRIMÉS OU PERDUS.

PIÈCES LATINES.

Ronsard avait composé des satires que nous n'avons point chance de retrouver, car Binet nous apprend (p. 1662) qu'il les supprima lui-même : « Les Satyres qu'il auoit faites, & qu'il eust publiées si nostre siecle eust esté plus paisible, ne taxoient personne qui ne l'eust merité... Il m'en a monstré quelques-vnes... mais ie croy qu'elles sont fort esgarées, d'autant que m'ayant recommandé & laissé ses œuures corrigées de sa derniere main pour y tenir l'ordre en l'impression suiuant les memoires & aduis, desquels il s'est fié à moy, il me dit, quant aux Satyres, que l'on n'en verroit iamais que ce qu'on auoit veu, nostre siecle n'estant ny digne, ny capable de correction. »

Brantôme mentionne aussi quelques opuscules de Ronsard qui ne nous sont point parvenus et qu'il lui aurait été facile de nous conserver. Il dit en parlant du fou Thony (III, 343) : « Il a esté tel que M. Ronsard, par le commandement du Roy, daigna bien employer sa plume pour faire son épitaphe, comme du plus sage personnage de France. »

Dans son *Discours sur la Reyne de France & de Navarre, Marguerite* (Marguerite de Valois), il s'exprime ainsi (VIII, 33) : « la parure la mieux seante que ie luy ay iamais veue... ce fut le iour que la Reyne mere fit vn festin aux Tuilleries aux Polonnois... Lorsqu'elle parut ainsy parée... ie dis à M. de Ronsard, qui estoit pres de moy : « Dites le vray, Monsieur, ne vous semble-il pas « voir ceste belle Reyne en tel appareil parestre comme la belle au- « rore quand elle vient à naistre auant le iour auec sa belle face « blanche, & entournée de sa vermeille & incarnate couleur? car « leur face & leur accoustrement ont beaucoup de simpathie & « ressemblance. » M. de Ronsard me l'aduoua; & sur ceste comparaison qu'il trouua fort belle, il en fit vn beau sonnet qu'il me donna, que ie voudrois auoir donné beaucoup & l'auoir pour l'insérer ici. »

Rappelons, pour être complet, un quatrain sur les avantages et les inconvénients de l'amour, également indiqué par Brantôme et déjà signalé par nous dans la biographie de Baïf (p. xxxiij).

On pense bien qu'il avait dû faire d'amples recueils de textes et annoter curieusement ses livres.

Georges Critton mentionne dans son oraison funèbre (p. 8), un recueil de vers grecs formé par le poète et il exprime le vœu que Galland se hâte de le publier.

Colletet parle (p. 58) de « liures italiens que Ronſard auoit lus exactement & qui ſont en mille endroits marqués & annotés de ſa main propre. » Il ajoute : « Je mets en ce rang les diuerſes rymes Italiennes du Cardinal Bembo qui ſont tombées en mes mains. »

Il ne rentrait pas dans notre sujet de rechercher les poésies latines de Ronsard, qui ne sont ni nombreuses ni remarquables. Binet, si porté à le louer à tout propos, s'exprime ainsi à cet égard (p. 1664) : « En ſa premiere ieuneſſe il s'eſtoit addonné à la Muſe Latine, & de fait nous auons veu quelques vers Latins de ſa façon aſſez paſſables, comme ceux qu'il addreſſe au Cardinal de Lorraine, & à Charles Eueſque du Mans & Cardinal de Ramboüillet, & les Epigrammes contre quelques Miniſtres, & le Tombeau du Roy Charles IX. mais qui monſtrent par quelque contrainte forcée, ou qu'il n'y eſtoit point entierement né, ou qu'il ne s'y plaiſoit pas; auſſi n'en auoit-il continué l'exercice, pour eſcrire en noſtre langue. »

Ajoutons à cette énumération une pièce intitulé : *Ad Tulleum, Primum Præſidem*, qui semble adressée à Christophe de Thou, et a été publiée par Blanchemain (VIII, 135).

Paris. — Imp. A. Lemerre, 25, rue des Grands-Augus[illegible]

www.ingramcontent.com/pod-product-compliance
Ingram Content Group UK Ltd.
Pitfield, Milton Keynes, MK11 3LW, UK
UKHW020916180726
13838UKWH00002B/581